食肉的土丘

班與唐——著

目錄

推薦序

唯有小說才能說清楚的事

——讀《食肉的土丘》

朱天心

班與唐這部獲得第五屆台積電文學大賞副賞的《食肉的土丘》，我以該獎決審評審、讀者、此文的寫作者身分曾三讀此作品，確實深有所感、所獲、所被鼓舞激勵。

這部作品，好寫、也難寫。

先說好寫的部分。這些年，在大量的口述歷史、回憶錄面世出土，以及主政者全面修補國族史的背景環境下，《食肉的土丘》的取材，不僅不難，甚至是容易的，一張家族相簿祖輩著異國衣裝的老照片、一段曾經隱晦的街坊傳言、一張圖書館裡的新聞紙、一本回憶錄、一份文獻……，乃至前輩文學作品如陳映真、郭松棻、林俊穎、楊照、賴香吟……的豐富文本（還包括我極喜愛的林芙美子的《浮雲》嗎？），如同在氣候宜當的一片沃土上撒種，怎麼不會順利長出幼苗、並開花結實。

這正或許是某一二位評審的「多慮」，如此符合天時地利人和的作品，不那麼難吧？更重要的，這缺乏遠古的批評殖民歷史的「史觀」，那麼的符合當下的政治正確，總令人不安。

符合政治正確的寫作，之於創作者，既是吸引（好寫、怎麼寫都對、都好、都易獲獎），也是禁錮甚至毀滅（如同那被賽蓮女妖之歌聲迷惑的希臘水手們）。

不得不說，這正是我初始讀《食肉的土丘》時，始終提心吊膽的，是之前我說及的難寫之處，對班與唐這樣一位相對是新手的創作者，能抵抗（或曰不鳥）當下所處的政治正確很重要嗎？很難嗎？我們且看看這段小說老手米蘭昆德拉在《簾幕》（翁德明譯，皇冠文化出版有限公司，二〇〇五）一書中論及大江健三郎二十三歲新手時所寫的短篇小說〈聲音顫抖的族群〉：

在一輛夜間公車裡坐滿了日本乘客，中途上來了一群醉醺醺的外國士兵。他們開始粗暴的欺負一位大學生乘客，他們強迫這名大學生脫掉褲子露出臀部。軍人覺得只欺負一個人不過癮，接著強迫車裡一半的乘客做出同樣的動作。後來公車停下來，士兵下車一哄而散，而那些受辱的人重新穿上褲子，另外那些乘客好像從束手無策的狀態中甦活過來，並且催促那些遭受羞辱的同車旅客趕快去報警。有位擔任小學教師的乘客陪那名大學生下車並走回家，無論如何要探知他的姓名以便公諸社會，讓輿論譴責那群外國士兵，但故事只在這兩個一陣爆發的恨意後落幕。

這是一篇引人深思的了不起作品，裡面的主題包括怯懦、害羞以及表面上是愛好正義但私底下卻是虐待狂的心態……我提起這則短篇小說為的是想探討：那些外國士兵是誰？當然，作者指的應該是二戰後占領日本的美國士兵。為什麼作者只提到「日本」旅客，卻不指出士兵們的國籍？是政治上的考量？是作者個人風格？不是。我們不妨想像，要是這篇作品裡從頭到尾時時提著「日本」旅客和「美國」士兵發生衝突還得了！如果明文寫出「美國」，那麼這個力道萬鈞的詞便會使這篇作品淪為政治文章，變成指控占領者的文章。只要去掉「美國」二字，那麼文章的政治意味便大大淡化，而重點便集中在引發小說家興趣的主要謎面，「人類存在的謎」。

是的，我願意說，班與唐的《食肉的土丘》只情願做了「唯有小說能說清楚的事情」，小說拒絕做某個時代的見證，不願再描寫某個社會，不願再為某種意識形態辯護，小說家可不是歷史學者的跟班（以上字詞引用米蘭昆德拉語）。

沒錯，班與唐成功做到了小說才能做的事，她小說中的人物出邊出沿、毫不典型刻板，但他她們都非作者用來「作為歷史見證、描寫某個社會、辯護某種意識形態」的工具或棋子，班與唐將政治正確關在她書房外，擺脫其保障和限制，使得書中人物得其血肉、體露金風、趔趄前行……，好叫人懸念。

這容易嗎？重要嗎？我得提醒讀者，身在其中數十年，深深知道能夠不被概念帶著走、不被政治正確所召喚、不被讀者（市場？）所干擾……這在開始創作時可能是人人皆懷抱的理想初衷，但時間拉長後是並不容易護持住的。

班與唐做為行車行船的駕駛，方向輪舵握得極穩，是很好的習慣、能力、和選擇（一些成名的作家都未必能做得到做得好）。

都說現下小說難寫的這些年（有大環境的影響如網路分掉了大半原來小說在做著的事，也有「低處的果子摘完了」的荒年期，小說難寫到索性作家不寫了……），早有作家用「廢墟」二字描述文學書寫當前所呈的面貌（無論寫的那方或讀的那方），我要說，還「廢墟」咧，廢墟尚有一些列柱、殘壁可供想像那神廟的曾經壯麗，我用的是「瓦礫」，得讓後來的作者咬緊牙關、嗚咽著在其中尋摸撿拾端詳碎石，分辨著，鑑賞著……，以之為磚石，建起自己的小說房子。

或該說，這些瓦礫的揀拾、擦拭、拼圖……才是班與唐的樂趣所在吧，她將之牢牢攢握於手，不叫風中的強大神話襲捲而去，如此，我們應該不吃驚在此時此際的台灣面對這題材時，它未被那「神話殖民」或相反另一側給挾持而去，再次，展現了（常為勢奪常為利誘）政治做不到而文學才做得到的事。

這段我曾在決審觀點寫過的話，願與班與唐共勉。

桃

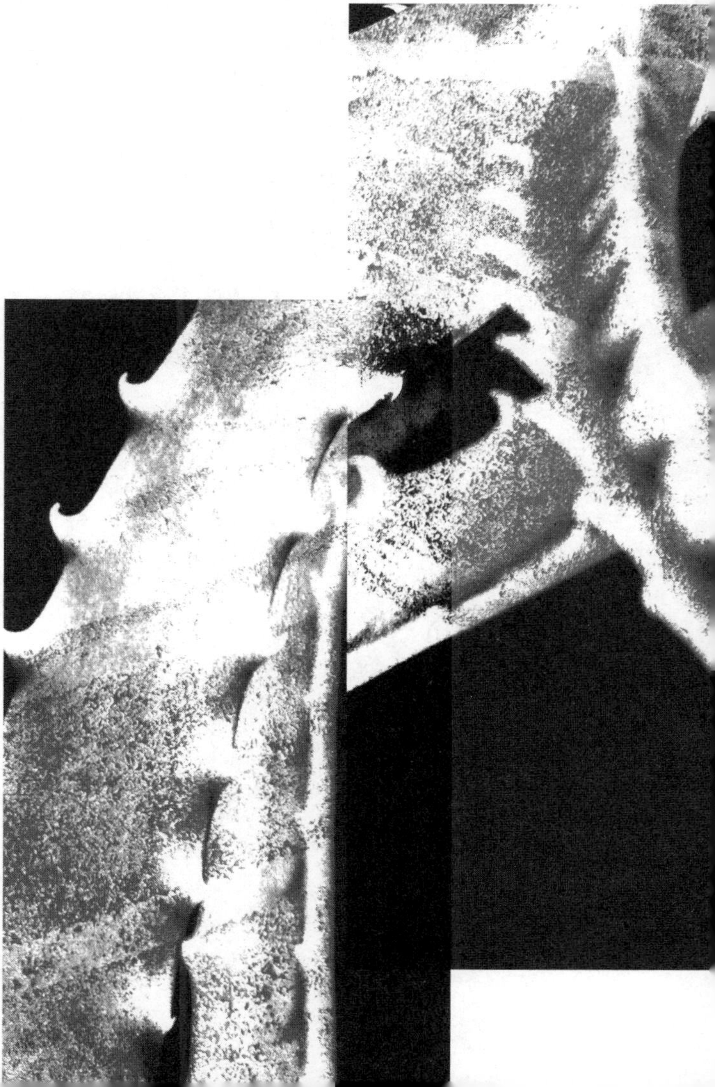

身著素白套裝頭戴圓帽的山口幸子，頂著台南的豔陽走到教堂的門廊前，街道發亮得連影子都沒有。

七月的島嶼充滿壓人的盛氣，像是巨大的蒸鍋，街上的人車身影搖曳，彷彿隨時會逸散煙消。然而人是隨和的，躲在屋內不出門，吸食飽餐後令人昏厥的空氣，猶如天然的鴉片菸，專屬於熱帶島嶼。

這天是星期六，修女們備完晚飯要用的食材，棲坐在教堂鐘樓外的階梯。聽見樓下的腳步聲，她們探出頭，議論門外女士的身分。

敢是台灣人——修女手中的塑膠紅扇搧得懶散，熱風徐徐送來。

教堂長在一堆老舊的民房之間，明明教堂早於其他房子，卻顯得教堂連同門口的大王椰子占據了民房該蓋用的位置，使得教堂氣派的巴洛克式圓柱失去莊嚴，就像在說，在這熱帶的土地，沒必要過於拘謹，一切隨安吧。

黑髮牧師為幸子打開旁門，引領她穿越長形的禮堂，走到末端上階梯到二樓。牧師帶她走到最後一間，在門扉上敲兩下，裡面的人應門了。

牧師對幸子微笑便離開，留下她一人面對那扇門。幸子深吸一口氣，脫下帽子入內。

床鋪坐著一名女人，灰白長髮束在脖間，窗戶透入的光線照得頭髮銀亮。女人雙手整齊擺在被單邊緣，幸子牽起那雙手，試圖在女人衰老的皮囊找回記憶中的模樣。

李綉治，那名穿著筆挺制服的女孩，水亮的眼神非淑女的婉約，而是帶刺的光芒。

現在的李綉治，眼神像是快要熄滅的火燭，雙手冰冷。

「美幸。」綉治積蓄的氣絲，叫出山口幸子的舊名。

「綉治。」幸子輕聲說。

「我都認不出妳了，完全就是個日本人的樣子。」

美幸脫下套裝的外套，「唉，我都忘了這裡有多熱。」

——神聖的青春，有著平靜及坦率的神情。

四十五年前，昭和十八年，綉治離開前兩人其實沒有真的見到面。綉治站在莊家的雜貨店舖前仰望著二樓窗戶，一頭剛褪去學生味的捲髮懸在頸肩宣告新身分，穿上父親從內地帶回的純白洋裝、洋皮鞋、絲襪，一身洋派的布料頂撞南國的溽暑。

綉治不知道美幸當天也在場，躲在巷子裡的美幸，制服裙下黝黑的雙腳踩著木屐。

蟬聒噪得惱人，經過的老人歪頭。

什麼事會值得一個千金小姐傻傻地等呀，他們的聲音被太陽烤得乾裂。

繡治只在意二樓的人影，她需要他的一個眼神，告訴她離開是正確的。汗水不斷滑落到鎖骨，再順著身體滑落到腰部的裙頭，濕了的衣服吸走體內的高溫，熱得有股寒意。

身後的司機不停探頭催促時間：林夫人，要來不及了。

最後，人影還是沒動。

繡治一發不語，將自己扭頭塞進車裡，透過車窗看莊家倒退遠去，接著在火車上看北港離去、在船上看著高雄港在海平線消失。從此她再也回不了家，離開東京後第一個地方便是去北港，發現故鄉的樣子她簡直無法辨別出來，堪比戰後重建的神戶。

二樓的那個人，多年來繡治不斷在腦中重複播演窗簾後的人影。人影說了什麼，現在都已經不重要，他已經死了。

「美幸，我找妳來是有事情要拜託妳。」

繡治拉開床旁矮櫃的抽屜，內有數本筆記本、剪報、信紙以及幾張相片，其中一張是兩名穿學生制服的青年在照相館的合照，他們搭著彼此的肩膀。

「請務必代替我好好保留。」

「別這麼說，我一定會將東西好好交到妳家人的手中——」

繡治打斷美幸，「東西我想要留給妳。我沒有其他人可以給。」

美幸頓一下，點頭答應。繡治的手再也無法維持在被緣，整個人鬆開後陷在床鋪，毫無痕跡地與床融為一體。

「人回想過往，總會感嘆為了得到某樣東西自己犧牲掉什麼，但怎麼就沒有人想過，無論如何都會有犧牲發生。」繡治眼睛定視美幸，「如果讓我再選擇一次，我還是會回來這裡。」

美幸別開頭，「妳又在說一些我聽不懂的話了。」

繡治禮貌性地笑，「對不起。」

美幸起身，心臟仍跳得劇烈，責備自己沒注意在繡治面前提到「家人」兩字。老舊的木框窗蛀蝕嚴重，教堂佇立在台南的年歲比兩人還長。美幸使力推開窗戶，外頭煦暖的空氣注入房內，繡治覺得整個人徜徉在暖陽之中。南方的島嶼，午後總是有催眠的魔力，繡治閉上雙眼，她聽見走廊外修女走動時，腳步摩挲裙襬的聲因，以及街上人們的聊天聲。突然，遠方傳來鞭炮炸裂的聲音，破壞午後昏睡的張力。

小時候的她，討厭逢年過節的鞭炮，大串紅辣，點上火，炸得臟腑劇烈地跳動，她將手掌塞住耳朵，努力不留一點縫隙，事後母親責備她把自己的耳朵弄到破皮。

「好熟悉的聲音啊。」美幸輕聲說。

「看來今天是新人的好日子。」綉治回答。「妳有找到米街嗎？」

「不需要找，房子早就拆掉了吧。」

「這裡真的變很多，對吧？」

「嗯，我們也是。」

那時的婚禮禁止使用鞭炮，勉強嗩吶樂隊湊合吵鬧的氣氛。然而在北港，大家仍照樣放鞭炮，大剌剌嚇飛鳥群，村民湧到住家前張望，綉治不知該笑還是佩服那些人，遵循傳統的意志力比誰都強，怎麼不害怕遠處的郡役所或派出所會聽見，就像母親，堅持要為婚禮找來術士，給綉治看了好幾輪才擇定日子。農曆七月二十日，親友聽了都勸不要在七月辦喜事，尤其是出遠行。母親堅定地說，術士看過宜嫁娶，宜遠行，沒問題的。

不管是嗩吶還是鞭炮，以前的綉治聽見了便使力把手指塞進耳道，弄得耳朵發紅，被母親責罵。

回想起來，婚禮的鞭炮、戰爭的燒夷彈，耳膜感受起來都是等同的難受。聲音不會放過任何聽得見聲音的人。

綉治記得以前在高女教室，外面偶爾傳來鑼鼓、噴吶樂隊，聽見聲音的女學生擠到窗台，遠方看來像是準備伸展的柳枝，等不及春天的降臨，臆測是哪家學姊學妹的嫁娶。

是她呀，真是太幸福了，恭喜。大家如此讚賞出嫁的少婦。

純白、無垢，女性應有的模樣。老師一再強調。

綉治的座位就在窗戶旁，下課鐘響，立馬收拾書包，直衝出校門口，髮辮隨雀躍的心掃著頸肩，背起書包直奔銀座通。

街道上的男女穿著洋式的西米羅、洋裝配高跟鞋，女人細尖的臉蛋畫上細長的眉毛，如資生堂廣告嬌豔，男女成雙地出入各場所。街道穿梭的公共汽車及人力車，和著百貨播送的華爾滋音樂舞動。對於當時的綉治來說，這個就叫做「自由」。

純白杜絕了沾染色彩的可能，她拒絕老師所說的女性模樣。

不同於北港家鄉。市區沒有傳統禮教的拘束，綉治大口吸著新時代的空氣，巴不得不要回北港。卒業後在家的日子，她都在期待哥哥放假回來的日子。等那天終於來了，她趁透早母親忙安頓家事的時候，從側門出去，往環繞裊煙的朝天宮直奔，趕上開往嘉義車站的自動車。一坐上車，她便頭靠著窗戶，埋進小說度過通勤的時光。

一般人到銀座通，通常是去林百貨，或是去同學們喜愛逛的小出商行，販售各式各樣的信箋及文具，但是綉治獨愛一間不起眼的小書局「三一堂」。老闆是一位戴著圓眼鏡的和藹男士，總是穿著整齊的白襯衫，白皙的身影穿梭在疊滿書冊的書架間，他說書局的名字是取自英國劍橋的三一街。

「李小姐，請進吧。」老闆靠邊讓出後方通往二樓的階梯，愈往上走，泡煮珈琲的味道愈來愈濃。

二樓的房間，一盞搖晃的電燈，在大家的頭頂上晃啊晃，湊合幾張簡陋的木桌椅，這裡成為他們的聚會地。他們不喜愛「沙龍」一詞，寧願被稱作「俱樂部」，民主進步的象徵，切割布爾喬亞的臭名。

綉治習慣先杵在門外，踮腳探看房內的哥哥良文還有莊修之，他們兩人總是搭肩，笑著只有他們才了解的事情。良文遺傳到母親的濃密雙眼，但是粗黑的眉毛卻像父親，陰陽在他身上達成美好的平衡。站在良文身旁的修之哥，一臉和煦如夏夜清冷的月光，不過度搶走良文的風采，同時不失自己最自然的光芒。

她喜歡欣賞他們的快樂，猜想他們在笑什麼，尤其是修之，笑起來的時候眼角瞇成迷人的彎月。

修之看見綉治走進來，伸手輕摸她的頭，這是兩人的打招呼方式，從小沒變過。

俱樂部的人討論得正熱烈，突然有人喊良文：「嘿李君，身為理農學部的高材生，你怎麼看糞便跟現實主義？」

房間裡的人憋笑等待良文回答。哥哥總是很能迎合大眾的要求，給出眾人的期待。

「還要問我嗎？你們每個人消化出的東西叫什麼？糞嘛。所以說，任何人寫出來的任何東西不也是糞嗎？這是事實，管你現不現實主義。」

眾人叫好，說李君應該去投稿，一戰成名。

「現在大家都不討論作品了，只關注筆戰像看笑話一樣，好沒意義啊。」回去的路上，綉治將憋了好久的話說出來。

「妳應該來台北看看，太平町樓館都有文壇重要人物穿梭，他們肯定都有共同的危機感，島內文壇像是陷進泥沼，進退不得。即使是那些欺瞞良心，為國家宣揚戰爭的那群人，也是掉進同樣的困局，戰況膠著還能寫什麼。筆戰只是反映了大家不安的心情。」

「我去得了台北嗎？」綉治喃喃地說。

「綉治小姐想來隨時都可以來找我們。」修之瞇眼，「就算是偷偷跑來，妳的車資我們也能負擔喔。」

「少把我也算進去。」

良文追著修之跑，三人就像平常一樣吵鬧，在米街如腸的巷弄內用流暢的國語討論詩句，在本島人聚集的屋瓦中，磚牆探出的眼光都不值得他們回首注意。但願三人能永遠並肩走在一起，即便那是不可能的。她撐起微笑的嘴角，不想破壞現在的氣氛。

窄巷突然湧出一群人，其中一名男子撞到她，用小到僅綉治能聽見的聲音說，失禮。

人群馬上轉彎，如老鼠般鑽入其他巷子的深處，消失不見。隨後一群警察追趕上來，良文拉住綉治及修之手臂往路邊靠，整條街都是腳步錯落的聲音。

剩下黑皮書攤在路中央，風吹動，密麻如蟻的文字躺在紙張，仰面朝天。她好奇那些人惹到什麼麻煩。

——別撿呐。

良文回頭看她，幾乎是用唇語在對她說。

修之輕攬她的肩膀帶她繼續往前走，「既然被發現了，他們應該不會再回來。放心吧，基督教累積了好幾千年，不可能輕易被破壞的。」

「難說，你看日本帝國拿下多少領土，戰爭不只是軍火跟砲彈，你們不覺得宗教戰爭開始了嗎。」

「哥哥怎麼什麼都能想到戰爭。」

「一定是因為良文看太多奇奇怪怪的書，上次他看的那本，我記得書名好像跟基督教死亡有關，叫什麼呢。」

「才不是那樣！」

他們愈走愈遠，綉治回頭看，已經分不清道路及黑皮書的輪廓。

在快到修之家前，街上的攤販大多已在收拾店面，除了一名水果販坐在米糧店前大聲叫賣，前面擺一竹簍的水蜜桃。水果販看見修之，笑吟吟地望著他們。

——少爺轉來啦！

水果販連忙為竹籃內粉嫩的水蜜桃灑上水滴，每粒的細毛散發著香甜的光輝。

「喂，等等。」兩人還沒來得及阻止之前，修之已經掏錢買了一大袋。

「沒關係，反正以前稿費賺了不少。」修之開心地捧著。

兄妹兩人互看，走在修之身後。

修之家是長排兩層樓街屋中的一間雜貨店，與其他店鋪比鄰，兄妹倆成長經驗鮮少會到這樣子的店，當他們得知有這樣的店販賣各種零食，心裡感到很雀躍。長大後，他們兩人才看出雜貨店與他們生活的差異，家中有許多雜貨店內買不到的食品。

出來迎接的莊夫人見到修之懷中抱著水蜜桃，嘴巴收不起來。

「傻孩子，買那麼多怎麼可能吃得完，給李少爺李千金裝一袋帶回去才行。」莊夫人說完匆忙鑽入屋內，綉治總覺得穿著和服的莊夫人像是繃緊的蜜蜂，得奮力振動翅膀工作才能生活。他們在店門口可以聽見莊夫人在屋內翻櫃子的聲音。

美幸同學從二樓走下來，瞥一眼水蜜桃。「哥哥，做決定之前先考慮一下別人，好不好。」說完後跟綉治及良文隨便打個招呼便上樓。

「再不買，等秋天來就沒有了，到時候豈不剩下哀愁。」修之故作正經地說，講完自己笑起來。

「傻孩子，又在說傻話了。」莊夫人走出來，她揀選最好看的水蜜桃給他們，給的比留下來的還多。「我們家修之平常受您照顧了。」莊夫人直接將水蜜桃塞入良文懷裡，良文還來不及回應，僵硬地捧著水蜜桃站在原地。

良文瞥一眼身後的綉治，兩人一齊彎腰道謝，向莊夫人告辭。

修之揮揮手後轉身。進屋前，他突然停下腳步。「或許，我純粹被水蜜桃粉嫩的外表給迷惑了。」說完又自己開始笑起來。

只有綉治發現，趁大家沒注意從修之手中接過字條。

火車上，綉治攤開筆記本放在圓滾的水蜜桃上面，飛快記下腦中的想法。「在夏季想像秋季的哀愁」。俯身時可以聞到水蜜桃香甜的氣味。等回到家，綉治咬了一口，但是水蜜桃味道苦澀，果核甚至已經褐腐。哥哥馬上吐掉，「水蜜桃果然還是內地的好吃。不知道父親什麼時候回來。」

「外表明明看起來一樣的鮮美。」綉治覺得可惜。「哥哥，現在不是放暑假嗎？你們為什麼還要去台北？」

「修之的醫學部還有事要忙。我呢，只是找藉口離開沉悶的北港而已。」良文調皮地眨眼，綉治生氣地捶他的肚子。

「妳有機會一定要來台北看看，妳來了就會明白我的意思。」

哥哥要下女在後庭挖個洞把水蜜桃全埋進去，螞蟻卻有著肉食動物的敏銳度，馬上湧上土丘，彷彿泥團在蠕動。

「對象決定好了嗎？」

「母親跟祖母商討好了。」綉治趴在桌上，「就說了我沒辦法去台北吧。不過也好，你們就不會被我打擾了，對吧。」

「妳在說什麼傻話啊。」

——神聖的青春，有著平靜及坦率的神情。

修之的字條寫著波特萊爾的詩句，讀的時候彷彿可以聽見修之喃喃的聲音。綉治最在意的是最後一句話：

卒業後來台北吧，三人一同快樂地生活，會是這輩子最幸福的事。

綉治送哥哥及修之到車站那天，看見車站有不少女孩及少婦前來送行，穿著墨綠軍服的志願兵們像剛入學的孩子，以無法預知未來的心情收下人們手中的贈禮。「祝武運長久。」她們真切地笑。

哥哥刻意撇開頭，頻回頭要後方拿行李的車夫跟上腳步。火車鳴笛聲震耳，綉治一手摀住耳朵，一手用力地向他們揮手。幸好他們在台北就下車了，不必去基隆。

卒業前，學校招集大家在禮堂內做奉仕活動，長條的白布捧在少女的手上，幾千條的紅線穿梭，在布上集結成數個整齊的小線球。綉治刺破自己的小指，成為白布的其中一個紅點，然後再拿起針線，完成坐落在紅點的紅線球。

旁邊的美幸注意到了。

「我們都是寄住在圓點的靈魂，綁在準備奉獻生命的男兒腰際。等男兒的靈魂真的跑走了，我們的靈魂該去哪裡。」綉治對她說。

李同學，您對於卒業後的生活有什麼規畫？老師做著筆記。

我想去內地。

去內地不能算是志向。您希望去內地做什麼？

綉治低著頭，答不出來。

李同學，請您務必認真思考未來的規畫，您成績優異，留下一年認真準備內地大學的考試，我相信您很有機會的，可以考慮家政部門。導師詳細地介紹完，依舊嚴正地說：前提還是得清楚自己要有怎樣的未來。

媒人及母親坐在對面，等著綉治回應。相親本夾著二十幾名優秀男性，二十幾種未來。

撲通，綉治將自己摔到床上，斜視床旁的書桌，窗邊洩進的風吹動攤在桌上的書頁，《地獄の花》、《流》、《飄》……輪流傳來紙張摩挲的聲響，粗糙的質感給人熟悉的記憶，她需要有人前來搖醒她。

月光下，光裸的土丘緩移，陰影如時針輕拂地表，世界安靜地能聽見埋藏地底的生物，移動、啃食、消化、堆積的聲音。不知不覺，她的四肢有了複雜的知覺，無法歸類於任何一種感官……。

她醒來，回想著夢境。扭開檯燈，專注地用哥哥的鋼筆寫下詩句：

埋在土裡的果核
夏季想像秋季的哀愁
虛空的果肉
引來噬肉的螞蟻
土表潛伏
吸吮青春流淌的汁液

她將稿紙摺好，放入信封袋，正準備封起來時，她猶豫了。戰火各地燒得光亮，誰願意讀這種東西呢。她將信封沾上燭火，丟到首飾盒內，火立刻變成黑煙，在木桌上烙下深色的圈痕。

抽屜裡還留有三人小時候的筆記本，紙張歪斜的字體表達短絀的俳句，表達長大的渴望。綉治第一次加入筆記本，是即將中學卒業的修之鼓勵她的。她時常覺得比起良文，修之跟她更像是兄妹。綉治搜集良文及修之發表在報紙、雜誌的作品。她沒告訴修之，她之所以想繼續寫下去是為了跟他們並肩站在一起。

三人共存的時間，累積成數本筆記本，停留在北港的時間，也就是綉治身處的時空。良文跟修之的時間隨火車飛快進行，在綉治沒機會體驗到的世界裡飛梭，留她一個人在北港，陳舊的書櫃，夜裡聽著聒噪的蛙聲吵得無法入睡。

戰爭時期，女人才能挺過危機。

燈燭下的母親看起來蒼老許多，彷彿就是祖母的變異體。

祖母指著冊子：嘉義林家二公子，林信宏，台北高等學校卒業，準備赴日本考取東京齒科專門學校。

「林家同樣是經營海上貿易，兩家合作可得更多的資源。」

綉治小時候常聽父親談及早年在內地留學的趣聞，像是冬季的雪、與陌生人上大澡堂洗澡等等。他說原本夢想要當救助世人的醫師，但是他不後悔當初順從祖母的安排，娶來自廈門陳家的母親。「現在的我才能擁有良文跟綉治呀。」

父親的話，小時候聽在心裡覺得甜蜜，如今卻覺得悲傷，去高雄港送別父親，綉治覺得父親離開的背影愈顯疲憊。大伯的驟逝揭露身為二子的父親在家族的功用：二子是備用的棋子。

二子的女兒是談判的籌碼。

繡治耳貼在紅磚牆上，廳堂外汽車引擎、開關車門、人們談天夾雜台語的聲音清晰。

「阿繡長成漂亮的小姐了呢，」伯母摸著她的髮辮疼惜地說，「記得保持微笑，害羞不敢抬頭也沒關係，記得要微笑。」然後講起堂姊，伯母的大女兒，第一天相親奉茶給男方緊張得出紅疹。「還不是順順利利，阿繡沒問題的。」

堂姊結婚時繡治可能是連公學校都還沒上的年紀，她只記得新娘穿戴蕾絲手套的手，從禮車稍稍露出，輕碰一下橘子，隨即有人直接拿走新娘手中的紅包袋，代替新娘對調橘子，壓住紅包。

人來了，人來了！下女們大剌剌掀開門簾衝進來，立刻被伯母訓斥沒規矩。她們收起歡喜的表情，幫忙伯母為繡治整理服裝及頭髮。

「要記得微微笑。」伯母為她掀開門簾的一角。

女性，抬頭猶如彎腰，彎腰猶如微笑。走出門簾，不知怎地老師的話語卡在她腦中播送。

她彎下腰，遞給林夫人茶水，看見林夫人的指間掛滿戒指。隨後另一雙乾淨的手伸過來。她稍抬頭，定定地跟林信宏視線相交。

在那瞬間，對方快速地眨一隻眼睛，嘴角上揚一邊。

林夫人讚賞李小姐不愧是受高女洗禮的名門千金，「簡直就像內地長大的淑女，相信李小姐到了那邊一定很能適應那邊的環境。」

回到門簾後，綉治塞給下女一張字條。交給林少爺，她壓低聲音說。

阮是文明女，東西南北自由志，逍遙佮自在，世事怎樣阮毋知。

男女雙雙，排做一排，跳toroto我上蓋愛。

珈琲店內原本放著〈蘇州夜曲〉，不知誰換上〈跳舞時代〉，眾人跟著大聲高歌，幾名男士跟女給跳起舞來，鞋子敲在地板上，震得桌上的水杯盪起波紋。綉治選了一張靠窗邊的位置坐著，沒多久一輛汽車停在店門口，林信宏走出來。這次綉治更仔細地觀察信宏，看起來年紀比哥哥小，尚未脫去高等學校自恃的幼稚感，笑的時候習慣只往右邊上揚，雖然討人厭卻有自信的魅力。

他一入店內，女給們湧上前，替他脫下帽子及外套：林公子，大駕光臨。

「這裡是淑女會來的地方嗎？」

「這裡好像是林公子常來的地方。」

信宏笑了，吐口煙，表情包覆在煙霧中。

「我母親很欣賞妳，拜託妳快點點頭答應吧，我等不及趕快去東京。」

「為什麼這麼想去內地？」

他聳肩，「不為什麼，人不就是會被最先進的地方吸引嗎？進步是社會自然的趨勢，那些一味緬懷舊往的人會被時間淘汰掉。」

「說來真是諷刺，你我就是為了維繫家族傳統，才有這樁聯姻。」

「新時代本來就是奠定在舊時代的肩膀，我不為了反對而反對，」信宏向前傾身，「妳也有理想抱負吧？那個眼神，我看得出來。」

「你還不認識我。」

「我只需要知道妳是人類就夠了，凡是人都天生渴望自由，」他叼著煙指向她，「任何妳能想到的願望、欲望，都可以在東京實現，那裡可不像台灣，永遠在感嘆自己的過去。在那裡，是站在跟世界同等抗衡的地位。我無法提供妳愛情，但是我會給妳自由，這可是比愛情還要寶貴得多。愛情會消逝，自由不會。」

綉治大笑，「是要我先同意你在外頭養女人？」

「為了自由，妳願意犧牲多少？」

「要是戰爭永遠不結束呢。」
「那妳更要把握時光，人生太過短暫。」

阮全然不管，阮只知影自由花。

蟬聲不停。女人們每日忙進出準備婚事。
冰人都無法叫做冰人，非得趕在熱天結婚？
面對姑姨的質問，母親像一面堅堵的牆，親友無法打破，綉治無法回頭。
埋藏水蜜桃的土丘已不見痕跡。
哥哥回家了，一邊看她整理行囊，一邊拾起桌上的鋼筆把玩。「妳我早就知道會有這一天，但我沒想到會是去如此遙遠的地方。」
「自從你跟修之哥到了台北，我們的距離確實變遠了。」
「我沒什麼東西好送的，恭喜。」哥哥遞給她一只淺褐木盒，滑開蓋子，木頭香味溢出，盒內散發柔光的布綢躺著一只腕時計，時間已對準到現在的時刻。
「到新地方，妳一定要照顧好自己。」
綉治關上木盒，腕時計及齒輪的聲音沒入黑暗之中。

「哥哥就是下一個了吧？」她說得更明白，「下一場就會是你的婚禮了吧。怕以後見面的機會不多，先跟你說恭喜。」

他愣一下，笑出來，摸她的頭。「今天的主角是阿綉，相信將來一定會成為好母親。」

綉治撇開頭。

「請哥哥好好照顧修之兄。」

眾人的歡鬧聲如鞭炮，一陣一陣地炸裂。

綉治手摀住耳朵，躲在禮車內，婚禮的聲音漸遠去，船隻鳴笛聲灌入耳膜，台灣像披覆一層膜的雞卵，脆弱的生命在內部鼓動。她乘船漂浮在海上，看島沒入海平面，空氣彌漫信宏吐出的煙霧。

終於，台灣成為遠方的一座小島，南到北變得只有指頭長，浸泡在無際的海平面線。綉治想起某首童謠，乘著水花拍打的聲音悶聲哼起來。

蟬殼 I

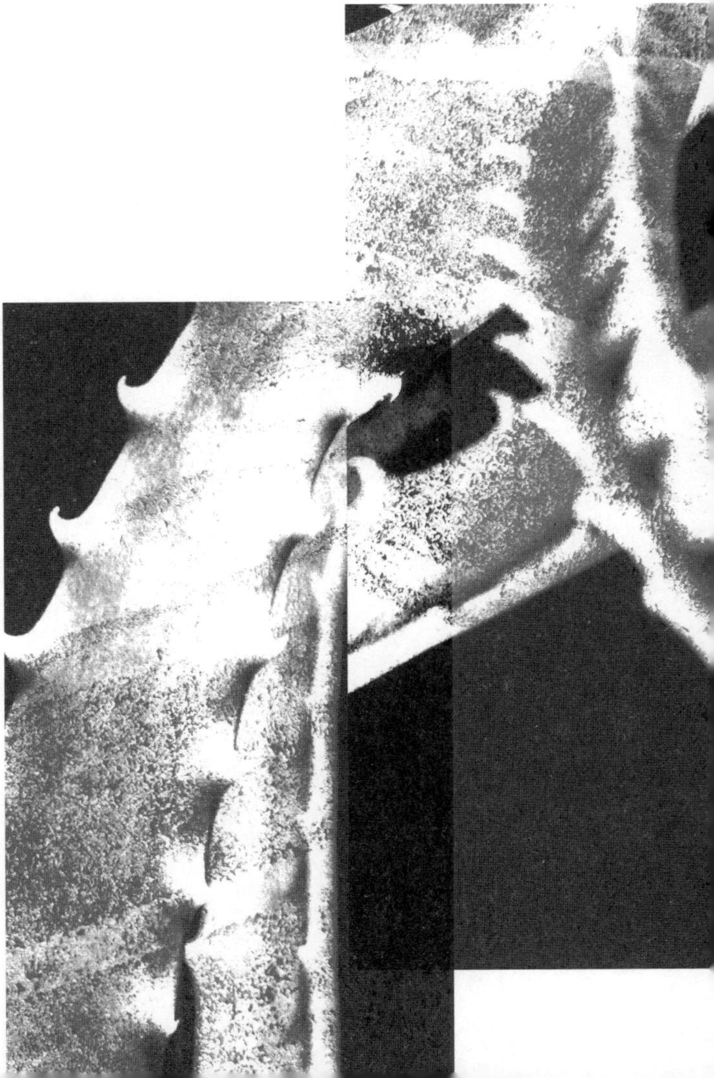

豐縈丘綻開的花朵，顏色雖各有殊異，卻如大和錦交織。

校歌合唱結束，最後一天在學校的日子，女孩們興奮的聲音躍出教室外，如雨落的苦楝花瓣降落地面。

教室內剩下美幸跟綉治。綉治還坐在位置上，望向窗外哼著校歌。

「為什麼要當花朵？」綉治突然問。

「什麼意思？」

「花明明就是『生殖器官』，把我們比喻成花是為什麼。」

聽到「生殖器官」，美幸撇開頭。

綉治笑著伸懶腰，「莊君啊，跨出學門，往後我們都即將大肚子當母親，花都成果實嘍。妳能想像嗎。啊，真不想卒業。」

「可是，那就是植物的本分啊。」

美幸提起書包趕緊離開教室，她不想回頭去看綉治的表情。

當時美幸沒聽出來綉治是指夏天的婚事。

她向來不喜歡站在綉治的身旁，綉治像是一面鏡子，讓美幸暴露更多的缺點，平坦的鼻粱、不會發亮的眼睛，永遠是他人生命中的路人。

看著哥哥修之的背影，美幸覺得哥哥像是莊家命運線上平順不了的小毛球，莊家居然能誕生如此美麗的孩子。

「若能選擇的話，我父親肯定還留在滿洲當醫師，比起賺錢，救助生命對他而言更有意義。」綉治描述父親是如此的理想化。

「若能選擇的話，我父親仍是一隻蠶，生來就知道自己的本分，從不思索桑葉及結絲以外的事物。」修之說。

他們兩人在米街大聲談天，不理會本島人的眼光朝著莊家雜貨店舖浩蕩走來，從十幾歲走到快二十歲，好像一輩子都會這般走下去，綉治說一些話，修之摸她的頭回應她。之間流動的默契，連美幸都覺得綉治才是修之真正的妹妹。

若非兄妹，便只能是夫妻了吧，兩人笑起來簡直是一個樣子。

但是美幸曉得，綉治與修之不同，她流著不同於莊家的血液，不需理解為何有人選擇當社會無趣的螺絲釘，像是美幸的父親，經營親戚把持的雜貨店舖，每日重複進貨補貨的工作，比四季還要規律。她總覺得父親不是標準的生意人，不愛應酬，不善言詞，不夠機敏。

血液有內地人跟本島人兩型，這是大家不明講卻知曉的道理，流動在台南街道。莊家住在本島人聚集的「米街」。其實米街早已不叫米街，大家仍習慣用舊稱呼。

美幸聽母親說，舊台南城街道就像迷宮般，毫無章法，直到日本人徹底重整市容，台南才有現今的模樣。要如何重建一個城市？像拔釘子般拔除城牆、老屋、道路……，然後鋪上新路，如血管通向心臟的圓環。

如果城市是一個巨人，那原來我們就住在一個內地巨人身體裡啊，小時候的美幸會如此想。

長大後，美幸發現另一件事：原來莊家是寄住在李家的寄生物。

寄生物在意識到前，已被寄主噁心地彈開。

最初，還在念公學校的美幸，聽見樓下母親一連串的道歉。她好奇走下樓梯查看，母親對著一名穿著跟哥哥同一間中學校制服的男孩彎腰。她第一次曉得同一套制服，在某些人身上可以更筆挺、嶄新。

「莊太太，不好意思打擾了，莊同學借我橡皮擦，我放學時忘記還他了，希望沒造成困擾。」小良文的舉止就像是個成年人。

母親依舊維持彎身姿勢，美幸覺得母親害怕抬頭看著眼前的男孩。

碰巧哥哥也回來了，穿著破舊的汗衫站在他的同學面前接下橡皮擦，然後帶他到櫃架抓一把糖果，拒絕收下小良文的錢。

從那之後，小良文與小修之成為了朋友。小良文總是跟髒兮兮的哥哥一起放學回家，來店舖常順便買些油鹽。隨著年紀增長，哥哥從不避諱在朋友面前展露愈來愈多的補丁，母親念哥哥是腦袋沒有恐懼兩個字的傻孩子。

美幸知道哥哥不是真的傻。哥哥眼中的世界是平坦的，不會有坑洞，不存在任何障礙物。

哥哥考上台北帝大醫科的那年，母親開心得哭出來。

等輪到美幸考上二高女，母親鬆口氣說她終於安心了。「沒枉費我爭取『國語の家』的努力。」那張牆上的認證，對母親來說是通往幸福之路的入場券，而第一道門便是莊家與北港李家的關係，隨著孩子成長，兩家互動的方式是否會往婚姻前進，對此母親從未說過心裡的想法。

站在店門口的人，從兩人變成三人，兩個大學生刻意將外套、帽子磨得破舊，身旁站著一名衣裙挺直的女孩，高女的制服更像是為了貼合綉治而存在。

「李少爺、李千金，請進請進！」美幸母親轉身忙準備茶水。

良文跟綉治有禮地打招呼。

嘿。美幸感覺到耳邊有風吹來。美幸，我父親要回來了，我想買些巧克力片回去。綉治在美幸耳邊說。美幸感覺到零錢悄悄塞入她的手心。

她趁哥哥、母親沒注意，走到貨架取下一片巧克力。她的腦袋閃過各種可能：需要送額外的零食嗎、需要退回零錢嗎、需要道謝嗎？

她的手伸入綉治的書包後，馬上縮回自己的口袋，緊握著零錢。巧克力片成為兩人之間的祕密。

美幸記得小時候第一次吃到巧克力的情景，伯母跟伯父將漆黑的碎塊倒在她的手心，要她趕快放入嘴巴免得融化。小美幸驚訝醜陋的東西居然有令人上癮的滋味。「洋人都送心儀對象這個喔，說不定將來有人會送給阿幸唷。」伯母說起故事，美幸躺在她懷中，感覺到她身上旗袍柔軟的質地。

伯父用力拍父親的肩膀，說以後賣這個生意必定更興旺了。父親沒有任何反應，專心想著巧克力片要放店內哪裡。

「妳阿爸也曾是留學生去內地讀冊喔，」伯母偷偷告訴美幸。父親很得祖父母的疼愛，卒業後馬上送回台灣等著結婚。「阿公阿嬤上看重的就是莊家的血統，」她伸出白皙的手臂，一條青色的血管浮在表皮。「莊家流的是漢人的血，就像一條河流，連到海岸的對面是……」「支那！」小美幸用國語回答。「是連到唐山莊家祖先。所以媒人找的對象一定愛是清儒後代，而且不可超過三代，否則不夠醇厚。」

故事的結局美幸也曉得，冰人找來公學校卒業的母親，一介農村小地主戶的女兒，屋脊平順的馬背顯露平實的身世。

反正戰爭開打，支那被視作需殲滅的存在。母親天生的弱勢轉變成優勢，天然生長的腳丫，一腳當開化的皇國子民，一腳當赤足的傳統台灣婦女。母親幫莊家清儒的血換得這個時代應有的地位，一幅裱框的「國語の家」。

莊家後人不再是無用的書生，只負責擁護田地供養佃農就好。莊家憑藉祖產收取地租，一部分投資美幸一家人所在的小雜貨店。表面上店舖是祖父母留給父親的財產，實質是父親的兄妹掌握店裡的經濟。

鐘響了，大家邊收拾書包邊聊天。

女人不應該妄想嫁給富家子弟，應該嫁給醫師、律師或銀行員生活才務實，女孩們起勁地分析。

「那麼，妳們會想嫁給內地人還是本島人？」有人問，大家眼神自然流向唯一的一名內地女同學。

「結婚對象還是看重夫家經濟狀況最為重要吧，結婚可是終身大事。」

不知為何，大家的眼神飄向了窗邊的綉治。

我覺得我哥哥跟李同學正偷偷談戀愛，美幸壓低聲音，說完她眨一下眼睛，掏出書包的巧克力片。

大家驚呼。

「莊君真大方。」「小意思啦，我家店裡還有很多。」

她不想特別說明這是倉庫即期品。

大家決定回家前去銀座通逛街。離開教室前，綉治還坐在教室內，埋頭在筆記本上面寫東西。美幸低下頭經過綉治，她告訴自己，自己原本是有考慮要分給綉治吃的。

卒業後來台北吧，三人一同快樂地生活，會是這輩子最幸福的事。

她清楚看見哥哥桌上的字條如此寫著，確定自己真的被拋下。

如今，家中原本四人共享的二樓剩下三個人，每日就著唯一的一盞燈沉浸在自己的世界。哥哥早已幫自己的未來定在遙遠的他方。她覺得不公平。

女孩們走進銀座通的五層樓仔，美幸一進門便不自覺地放輕腳步，女孩們在化妝品區被有各種顏色及香味的石鹼圍繞。清雅的女服務員靠過來，散發花朵的香氣，親柔地牽起美幸的手，將白乳液滑圈式地暈開。她感到暈眩，懷疑這就是醺醉的感覺，而且專屬於大人。

原來身為女人要在身上塗抹這麼多種類的油液，不同的香味混雜成另一種滋味。

她照著商場內的鏡子，同學們站在她身後凝視著鏡中的她。「莊同學的哥哥想必是帝大俊才吧，不然怎麼能贏得李同學的芳心。」跟她們相處久了，美幸才曉得大家檯面下的意思是：條件就算再好，但是乖戾的性情，誰會願意當她的丈夫。

李綉治同學，總愛坐在窗邊角落，一個人。

回到家，美幸覺得鼻子變敏銳了，原來家裡一直有榻榻米的悶臭味，以及父親香煙的焦油味。

母親似乎沒發覺她的異常，三人就著屋內僅有的一盞燈，美幸複習書本，母親讀婦人會發的女性雜誌，父親對著窗外徐緩吐著煙。

「現在居然倡導食用內臟的好啊，熟食內臟含有豐富的營養，又能解決戰爭的糧食困乏。那些都是以前經濟不好的人家吃的食物，真沒想到。」

「我不喜歡吃。」

「吃不吃由不得妳來挑剔。」

「媽，哥哥暑假會回家嗎？」

「會吧。怎麼現在就在想暑假的事，妳該想想這個月卒業後要做什麼。」

「還不就工作。哥哥什麼時候才卒業？」

「工作是暫時的，看看這個，」母親指著雜誌的打字補習廣告，「好多人跑去學打字，能認識不少公務員。」

「我想要去台北工作。」

「那可不行，我們兩個老人家怎麼辦呀。」

「你們還有哥哥啊。我遲早都要嫁到別人家。」

「啊對了，孩子的爸，電報打來說巧克力片只進貨到這個月。」

父親沒回話，母親繼續說：「來信寫是原料缺貨。」

父親背對著她們，點頭。

整個晚上，父親一直對著窗外吐煙，扁瘦的身軀在汗衫下清晰可見。美幸厭倦父親只會聽從母親的指令，不曾為自己活過的死人模樣，完全不像一家之主，像是動物不需去想生命終究是為了什麼，聽從時鐘的話即可，快到九點，父親打個呵欠。

母親要美幸幫忙搬開桌子，拉出床被。

燈熄，三人在同一個平面作著不同的夢，父母輪流的氣息聲交替呼應，比兩人平日講的話還要多。美幸翻身，愣著窗外，想像更遠方的世界。深夜的感官更加清晰，她吸著手背殘餘的香味，決定起身，一步一步地踩著階梯，到倉庫，看箱內僅存的一片巧克力。

美幸將它用報紙層層包裹，放到方鐵盒子內，倒入修業旅行去花蓮七星潭帶回的砂礫，報紙漸被淹沒，變得沉重。

蓋上後，打開木地板，放在醃醬菜罐的旁邊。這是她在這個家中藏匿的祕密。

早晨，街道廣播震耳的高音，不分老少的人們匆匆從家裡走出到街上，同一方向面對著北方，高舉雙手，開始做體操。

天皇萬歲，萬歲。大家面無表情地喊著。

美幸厭倦這些人，看到他們就像看見父親。

祈求武運長久！天皇陛下萬歲，萬歲——！集結在禮堂的少女及老師們完成奉仕活動後齊喊。聲音在禮堂內迴盪，像是一個巨大的個體。

那天她看見綉治拿起針刺破手指，玲瓏的血滴染在白布上，比千人針的線球還要圓得多。

我們每個人都是寄住在圓點的靈魂。綉治當時說。

為什麼綉治同學老是要做我們無法理解的事情呢？然而這句話哽在美幸的喉嚨，沒說出口。

兩人就這樣盯著彼此。綉治微笑。

卒業典禮當天綉治沒有來，班導只淡淡地說李家通知家裡有事情，結業證書已經寄過去了。班上幾乎一半以上的女學生決定步入婚姻，雙親已經敲定好結婚對象，有些人將隨夫婿到內地、滿洲、上海等地。最令大家意外的是素日害羞的張同學，報名了看護婦養成所。

會不會離開台灣呢？大家關切地問。

有可能，張同學細小的聲音回答。

大家讚嘆張同學有如此大的熱心救助他人。那是包圍在高女校牆內的少女們，對於戰爭及國家的想像。

一方熱心奉血，一方熱心救血。

後來美幸從報紙得知張同學到了緬甸。她偶爾會猜想，究竟需要多大的熱心才真的願意到戰場前線去。報紙、文宣營造的愛國形象僅能讓人民掛著麻木的表情做體操。

美幸對戰爭的感受是從報紙、收音機上得知，偶爾傳聞誰家的男孩去了華南只回來頭髮及零碎的骨頭，物價變得不穩定，鄰人託母親囤積食品，家中愈來愈常看見父親的身影。

有天哥哥突然從台北回來，說他十天後要去左營海軍病院待命。

「可以幫家裡減輕一些負擔喔。」

她曉得哥哥沒說出真相。

綉治在樓下仰望二樓的那天，美幸躲在巷子裡查看。綉治站了多久，她也站了多久，雖然疲累，可是如此才能確認綉治也正感受著痛苦。

窗簾後的身影，只有美幸才有答案。但是美幸不知道為什麼哥哥要拒絕跟綉治私奔。

上到二樓，哥哥在窗戶旁仰躺，嘴角毫無笑容。

「美幸妳看，窗邊的蟬殼還黏在上面。」哥哥指著窗框上一只完整的蟬殼。失去靈魂的蟬殼，靜靜、精巧地停駐，彷彿等待再次活起來的那天。哥哥像對自己說。

美幸覺得自己似乎第一次聽懂了哥哥講的話。

出發當天，母親為哥哥整理行李。「傻孩子，坐船記得離水遠一點。」母親嘴巴叨念一路到車站前。

三人的家，吃用冠上出征家庭後的額外配給，惹來不少鄰居羨慕的眼神。婦女會會送來掛滿徽章的肩帶，母親站在店鋪前面接受大家的祝福。真是與有榮焉的母親，大家讚揚。寡言的父親在這樣的場合顯得更格格不入。

母親淡淡地微笑，不像以往招呼客人四處攀談的樣子。

一看見母親上樓，美幸忍不住了。

「憑什麼別人家的醫科生就沒有被徵召！」

——住嘴！

父親怒吼。從美幸有印象以來，這個家第一次有父親的怒聲，木梁都因而震動，散發低音頻，抵銷掉細碎雜音，聲音瞬間蒸發。直到母親拉開衣櫃，木櫃摩擦的聲音打破寧靜，母親將卸下的肩帶摺好，收在跟哥哥衣物的同一櫃。

得知哥哥搭乘的神靖丸被擊沉的那天，母親嘴巴也是反覆念著那句話：傻孩子，傻孩子啊。

軍方送來一只空盒，說是給予家屬弔慰。父親將牆上的「國語の家」取下，拿全家福代替，是哥哥出發前去拍的。哥哥的軀殼將停駐在當時，掛著淡淡的微笑，每天刺痛著母親。曾經讚揚他們是光榮之家的那些人，紛紛躲避到鄉間，米街變得比過往冷清，母親像要咳出心肺的聲音成為這條街唯一的噪音。

母親生病後，更加突顯家裡需要哥哥。

美幸勸母親在家休息，不要去山邊，免病情加重。母親推開美幸，奮力地朝樓梯口匍匐爬行，房子的空間對病弱的母親來說太過巨大，疊上留有緩慢拖移的汗漬。

父親一把背起母親，走下樓。隊伍內沒有其他親戚，只有他們三人，美幸捧著木盒及相片跟隨在父親身後。

葬禮辦得簡單，連棺材都省去了。空盒埋在莊家墓地，美幸第一次見到所謂的「莊家」。以前阿玲姑口中曾擁有大片土地的莊家，唯一能證明的剩下這片墓地，自清代以來的祖先在同一塊土地慢慢瓦解，給予新的生命養分。

但是哥哥不在其中，空盒子降落到土坑，砂礫漸漸覆蓋。

半夜，美幸打開藏在木地板下的鐵盒。打開鐵盒，撥開砂礫，巧克力片依舊嶄新。

美幸只取了包裝紙，巧克力扔到廚房外的庭院。她在包裝紙的背面寫下要對綉治說的話，裝進信封袋內：

昭和二十年一月十二日，莊修之長眠於南洋。

美幸盯著那封信，呼吸急促，街道一片寂靜，她聽見庭院蟻群聚在草堆中爬行的聲音，拆解、啃咬巧克力碎片，鑽土爬回巢穴。

她聽得出神，螞蟻進食的聲音跟警報聲疊合在一起。直到父親拉她一把，她才醒過來。

時差

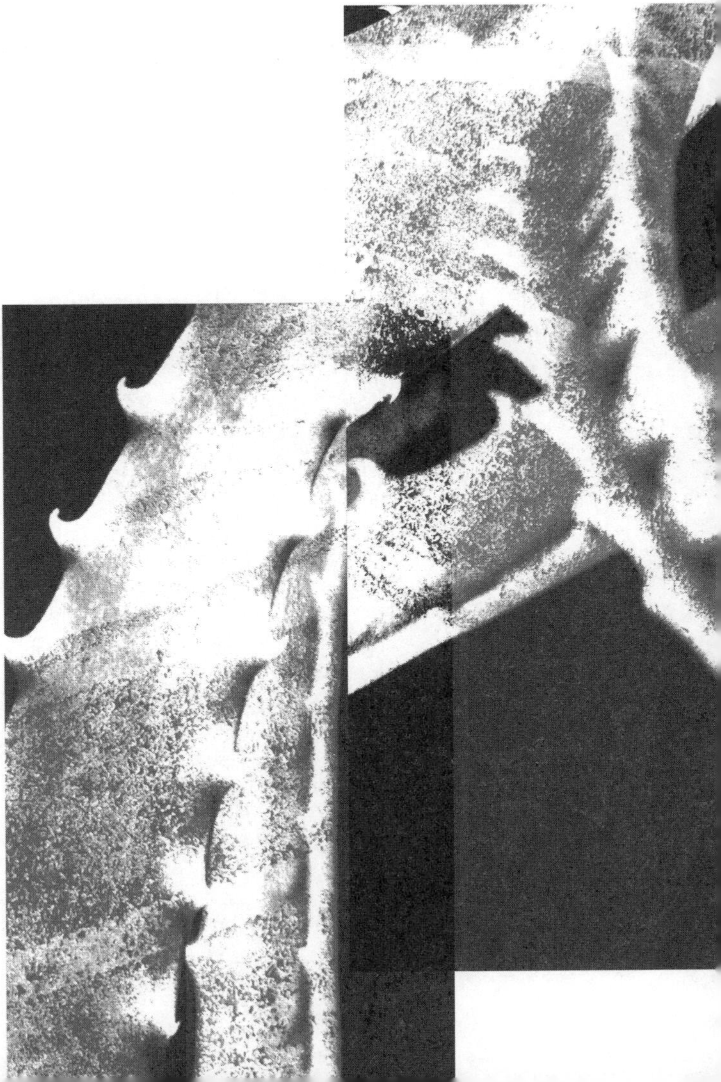

前屋主遺留的洋式時鐘，齒輪運轉的聲音喀噠喀噠地響亮，信宏關在二樓房內，毫無聲響，一如往常。

屋內熱水翻騰鮮活的蒸氣，凝結在玻璃上的水珠隔絕外面的世界。綉治將豬肝丟入鍋內，手伸到蒸氣上方，微弱的熱氣多少能使指尖暖起來。

夜晚的橫濱，冷風越海吹向緩丘，鑽入外壁雨淋板的每個縫隙，方形的玻璃窗外，表面結了一層白硬的冰。

在北港不曾有與海相伴的經驗，北港有的是隨風蕩漾的甘蔗田。儘管老人們都說，北港曾經也是港口。

豬肝從布丁的滑嫩狀，轉變成粉質的硬塊，湯浮出灰濁的肉末。綉治撈出豬肝，隨意切塊，蘸點醬油直接吃了。她瞄一眼緊閉的房門，決定全部吃完。

信宏每天回到家，便直接進去房間，閉上房門。有時候他會拎一些內臟回家，通常是豬心或豬肝，有的時候是肢解的蛙腿，說是做實驗剩下的材料，幾名本島學生分一分帶回去料理。

這個關頭，沒人會在意實驗材料浸過什麼樣的藥劑。

兩層樓的木造平房，據信宏說是明治時期仿洋人建築蓋的木屋，像是畫中西洋娃娃住的房子，然而建造的人是道地的日本人。

入玄關，一樓的客廳、餐廳及廚房，是綉治及信宏兩人會相遇的地方。每天早晨開始，綉治坐在餐桌邊假裝看報紙，看前一天消失在房門前的信宏，再次走下樓梯到廚房，像重演相同劇目的演員，換上新衣服卻披著同一套戲服去上課。結婚後他們確實履行諾言，各自過自己的生活，當綉治撞見到廚房喝水的信宏，他只瞧她一眼，馬上回到房間。綉治覺得這個家成為兩人共同不願提的祕密。

沒關係，她安慰自己，現在她清楚自己要做什麼，她要靠自己的力量賺錢，考取大學文學部。這是她獨立自主的第一步。

她要站在比哥哥及修之更高的位置，畢竟她就在內地，日本帝國的中心。

每日早餐綉治只需要做自己的分量就好，信宏很早就出門了。她常做一大鍋稀飯分天吃，這裡天氣夠冷，食物壞得不快。吃完立即出門，搭京濱線到東京跟江子姐碰面。

綉治記得父親以前說過的東京回憶，浪漫的現代首都、潔淨的白雪、溫暖的澡堂、摩登的商店街……，讓她好羨慕。以前父親一回到家，家中馬上飄散濃厚的髮油味，母親替父親卸下層層的洋外套，換上台灣居家的薄衫，並拿一條毛巾給父親。父親臉上最明顯的是濃黑的眉宇，小時候訝異不管毛巾怎樣擦拭都不會褪色，如父親無法抹滅、不同於本島的氣息。綉治喜歡攬著父親寬大的肩膀，帶她遊覽行李箱內新奇的世界，有各地新奇的玩具、零嘴，父親好像將一個小世界裝進箱子。

十多年後，等她真的踏上這塊土地，她確實看見更廣大的世界。這裡的珈琲店、喫茶店、書店，幾乎全收起來，警察挨家詢問，要店內的人把金屬器堆到路的正中央，堆起一個稜角形狀的小山丘，由留聲機、鍋具、雕像等文明物所構成。

人群圍觀，像準備在現代的都市進行古老的儀式。文明物準備送去，再製成殺人的武器。

天皇萬歲——萬歲——萬歲——！

人們投入他們對希望的盼求高喊，嘶啞的聲音殘有生活中的痛苦。

祝戰場的男兒武運長久——！

店鋪的擁有者紛紛宣示。

來到東京前，綉治預期看見世界的格局，似更大規模的台南、有著更宏偉的建築及閃耀的街燈。如今她確實見識到世界的真面目：戰爭將所有不相干的人繫上同一條命運之線。

戰爭讓時間走得更慢了些，電影、廣播、歌曲都還是讚揚日本帝國的氣勢，大東亞與歐亞相抗衡的美夢，人們口中念的都是同一個調性的台詞，像洋溢在一場沒有結局的電影，角色們盡往幸福的結局去拚命，反覆經歷過程中的痛苦、絕望。

像是江子姐一行人，整天抽煙、飲酒，他們是放棄感受現實的人。

他們棲身在神保町一間「新野堂」書店的樓上，每次綉治走上階梯時會想起台南的三一堂，但是這裡街坊冷清，許多店已結束營業，聞不見珈琲的香氣，沒有良文、修之等人的笑聲，綉治是自由地走入噤音的東京。

綉治推開門，他們正在找書，準備生火。

「綉治君來了！」江子招呼。

江子是綉治在內地唯一能信賴的人，但是她完全不曉得江子姐的身世。江子總是充滿活力，和服無法阻礙她靈活的手腳。兩人第一次相遇是在中村書店金子光晴的發表會，江子微笑坐在角落。那次發表會內容討論比台灣更南方的列島，想像那邊有著更多的芭蕉葉、更燠熱的夏季、豐沛的雨水，還有無止境的椰子樹。樹下的嬌矮靈活的小男孩，帶微笑迎接從海上來的日之丸，卻有著支那的姓氏。綉治想問小男孩，是否會懷疑自己從何而來。

綉治發現江子在看她，眼鏡背後的那雙眼睛銳利得可以剔開人心。

「不是本地人吧？」

「我來自台灣。」

「口音倒跟江戶人有得比。」江子故意加重地方的口音，綉治不確定是哪個地區。

「人的腔調被統一了，就連生活的時間也被統一，東邊跟西邊已不存在時差，瞬間不同地區的人距離變得好近，不知道是不是好事。」江子俯視膝上的新書，每一頁南島的小男孩的心情都是用日語表達。

發表會後江子邀請綉治來讀書聚會，從此來「新野堂」成為她每天的例行活動之一，免不了還有強制性的鄰組活動及家教課，但是見到江子姐可以給她帶來安心感。

綉治在新野堂可以正當自稱「李綉治」，就像她始終不知道江子的姓氏。

他們稱自己是一群不被文壇接納的「廢物」，一身破爛的奢侈洋服拒絕繡上名牌，窩在遭雪水浸蝕的木造房二樓，跟台灣的潮濕不同，書本不需與黴菌競爭生存空間，唯一的天敵是戰爭短缺的物資，他們帶玩笑地挑選厚重的經濟理論、修身書籍當燃料。綉治拿起一本過期的《主婦之友》，黑木君馬上阻止她。

「別小看它，封面圖片可以讓人振奮起精神，妳不知道在這個時候多麼值錢呢。」黑木君小心地捧起雜誌，封面的大和女子洋溢剛強卻含蓄的笑容，是國家宣揚的戰鬥型姿態。黑木小心地放回書架上，笑的時候露出一排雜亂的牙齒，在骨瘦的臉頰上格外突出。

「根本就是軍國的宣傳品，應該隨便拿去街上賤價賣掉。」斜躺在疊上抽煙的坂本君說。

「對啊，這樣就可以買到更多的酒嘍。」太田君爬到坂本君身邊躺下。

「太田君，你把醫師的叮嚀都忘光啦。」江子挺立坐著，像面對一群孩子的成熟大人。「再這樣，戰爭還沒結束，你就要先結束嘍，真的是徹底地輸了。」

「我們生在這個時代就是輸了。如果早生個十多年，我們的作品一定會開創一個新格局。」黑木在空中揮舞著手比畫。

「可是我們就是生在這個時代啊，」綉治將《主婦之友》舉到臉旁邊，做出一樣的表情。「雖然我不是真正的大和撫子。」

太田拍手叫好，「綉治小姐比大和撫子可愛多了。喂，黑木，我們保留雜誌封面就好了，好不好，把它貼到牆上然後讓綉治小姐簽個名，其他丟到火裡當燃料。」

「不可以，拿來燒的書在這裡！」說完黑木鑽到桌子底下，拿出撕了一半的精裝書，胡亂撕下紙頁丟入火盆。點著的火柴碰觸紙張邊緣，紙張立刻燃起火焰。

熱氣流竄室內，太田咳嗽起來。坂本打開窗戶，「就最好不會有火災發生，把你心愛的少女圖燒成灰燼。」

窗戶一開，清冷的空氣隨即灌入屋內，黑木直愣著火苗一會沒說話，接著拿起《主婦之友》蹲到角落邊，撥弄保險箱的轉盤，鏽蝕的喀噠聲引起綉治的注意，這才發覺屋內有保險箱的存在，黑木打開保險箱時，綉治瞥到裡面擺的是書本及稿紙。

「好啦，玩夠了，準備吃飯吧。」江子姐好像刻意擋住綉治的視線，催促大家趕緊動身收拾房間。江子姐在綉治的眼中，總是具有說服眾人順從的魔力，聲音引導落魄的浪人撿拾好自己的碎片回家，躲開戰爭的威脅。

香味率先飄進客室，眾人沉浸在充滿吉古拉的空氣裡，想像飽餐後的溫暖感。江子總有辦法取得各式食材，餵飽寄居在新野堂的男人們。綉治想起北港家鄉的菜餚，每樣食材都經過母親細心挑選，廚娘偶爾還會用藥材入膳，但綉治寧願待在寒冷的東京，跟這群自稱廢物的人一起吸吮烏龍麵，喝著混濁的湯。等江子從廚房端出沉重的砂鍋，房內被鍋物的蒸氣熏得更加暖和，綉治感覺臉頰熱烘烘地。

「祝江子小姐青春永駐！祝太田君長命百歲！祝坂本君長命百歲！祝……」黑木拿著酒杯的手停在半空中，「綉治小姐想要許什麼願望？」

「我想要念大學。」

太田及坂本抱肚大笑，「妳絕對會後悔！」

黑木拍桌制止他們，「安靜，體檢不合格的人沒資格取笑女人，綉治小姐才是真正的大和撫子！」他吆喝江子替他斟滿酒，對綉治高舉酒杯。「祝綉治小姐試驗合格！」

乾完杯中的酒，江子將酒瓶關起來，拒絕讓黑木繼續再喝。

「哪天綉治卒業了，我們還要為她辦一場宴席。」

「希望大家到時候就有錢了，哈哈哈。」

「所以保險箱的東西要用性命保護好，第二重要的是大家脖子上的腦袋瓜。」

到後半段，鍋湯不再沸騰，男人已經睡倒在地。

回去的路上，綉治站在電車月台，盯著電車路線圖，界線出不去神奈川縣，她看不見遠在西邊神戶的父親。夫妻名分其實很脆弱，不過是有法律認可的關係，但只要雙方都不承認，那便不具任何精神上的意義。她還是李綉治，隻身在陌生的城市，沒辦法告訴父母實情。

綉治常在內心搬演想對父親說的話，像是小時候聽到下雪的事情，父親說雪是白色潔淨的，但現實中的雪只是固體的雨水罷了，堆在路邊像是黏著車輪印，髒汙的剉冰。這裡嗅不到自由的氣息，因為生活被戰爭占據了。不知道神戶是否跟東京相同。

東京無法實現人心中的理想，它剛好是世界的中心而已，光是這幸運或不幸的位置讓東京有更劇烈的反應，像永遠凍結在戰爭中的時間。酒精適合杜絕時間的腐敗，黑木君等人得以將希望寄託在虛渺的未來，鎖進保險箱內。

但是對父親來說，活著是為了延續家族的使命而已。那麼父親目的地達到了嗎？

電車來了，廣播催促搭往橫濱的旅客上車。

回到橫濱，綉治將圍巾上拉遮住口鼻，騎上自行車前往學生的家，車子零件老舊，踩沒多久便覺得吃力，嶄新的腕時計居然只能換來一台破舊的車。當舖老闆看了看良文送的那只腕時計，搖頭指著錶說出產自外島，非珍稀物，品質不精良。

這台爛車才不精良呢，她邊騎邊喘氣，鼻腔覺得疼痛。橫濱雖然比東京靠海岸，空氣潮濕得多，但是她時常覺得鼻腔乾痛。有次在家信宏甚至撞見她流鼻血，他遞給她一條浸過熱水的毛巾，要她晚上多敷在嘴鼻上。「平日外出也要記得戴口罩，明天我會帶回來一些給妳。」

綉治低著頭，除了謝謝她不曉得還該說什麼。隔天信宏回到家果真帶了一盒口罩，但是綉治只取了一副。

如果她不在，信宏會更快活吧，她時常萌生這個想法。

穿越元町公園，蕭瑟的樹枝更能顯現樹木的姿態，不同於南方的島嶼，忘卻樹木也有生命週期，生靈的美是需要抓緊時機的。

來到學生家前，是一棟兩層樓的磚房，大門前有著簡約的拱廊，不像台灣的商行喜愛用華美的雕飾。每次來到這裡，她都有置身在歐洲的錯覺，雖然她內心曉得自己從未體驗過真正的歐洲，或許連米國與歐洲的差異她也說不出來，她暗自苦笑。

一名日籍女傭為綉治開門，走進室內立刻感受到溫暖的空氣，女傭為她脫去冷得僵硬的大衣及帽子。

樓上傳來學生彈琴的聲音。這是瑪麗小姐歡迎綉治的方式。

推開瑪麗小姐的房間，四壁是典雅的鵝黃壁紙，櫃上擺滿外國的洋娃娃，瑪麗端正地坐在鋼琴前彈奏。綉治順著瑪麗金黃色的頭髮，摸起來柔軟像是嬰孩的髮絲。

莫羅家是住在橫濱的佛蘭西人，雖然過去綉治曾看過父親與洋人交涉，在高女也曾學過英文，但這是綉治第一次跟洋人有互動。原本綉治不指望自己能得到鋼琴教師的工作，面試當天坐在莫羅家餐廳的長木桌，她不敢直視莫羅夫人。

現在中國人很苦吧，莫羅夫人用英文直說，以佛蘭西人來說她的口音格外標準。

綉治搖頭，她知道莫羅夫人疑惑了。我是來自台灣的日本人，綉治解釋。

是在哪裡呢？

綉治將履歷翻到背面，大致畫上亞洲的輪廓。

莫羅夫人微笑，怎麼會來到這麼遙遠的地方呢？

因為，這裡是東亞的心臟。

莫羅夫人接過筆，將上海的位置圈起來。對我們來說，這裡比較像是亞洲的中心喔。

綉治遲疑該說些什麼，莫羅夫人像沒事般將履歷表翻回正面，帶著微笑細讀。

「那麼，來自福爾摩沙的林女士，」莫羅夫人看著綉治，「小女今後就麻煩妳教導鋼琴了。」

後來綉治發現，莫羅太太並非希望幫女兒找到一名正統的鋼琴教師，她似乎想要有人陪伴女兒聊天。十歲的瑪麗能講流利的佛蘭西文及英文，甚至教綉治如何念琴譜上的伊太利文。在父母的保護下，小瑪麗絲毫沒沾染戰爭的憂慮，每天總是掛著一張笑臉，令綉治想起自己的童年，還處於不理解憂慮的年紀，唯一擔心的僅有下雨天會弄髒皮鞋，那是父親特地從神戶帶回來繫帶有朵小花的黑皮鞋。

林女士，妳的頭髮跟眼睛都好黑呀，但為什麼皮膚卻那麼白皙呢？

瑪麗常問些綉治無法解答的問題，不過瑪麗也不在意是否有解答，她的思緒時常穿梭，橫跨多種時空，此刻她帶綉治來到印度的橡膠園，講起不可思議的巨大生物：大象。她舉起手臂，學大象長鼻子靈活地轉動，吸飽池中的水灑在自己身上，像是沐浴中的仕女，她親眼看見大象噴水射向坐在背部的佛蘭西男人，連男人也成了沐浴的仕女，可是大象腳邊的印度人跪在地上不敢起來。像那些印度人，皮膚就好黑呀，林女士比他們更白，所以過得比他們幸福吧？瑪麗將頭靠在綉治的腿上撒嬌。

綉治感覺在十歲的瑪麗身上，看見整個世界的縮影。

到了晚餐時間，莫羅家便散發肉香，綉治知道該是她離去的時間。女傭遞給綉治用便當盒裝好的剩菜以及一包薪水袋，「辛苦了，林先生。」女傭用日文說。

在信宏回家前，綉治一個人吃完晚餐，留下一半的菜給信宏，吃與不吃讓他自行決定。

翻開從新野堂帶回來的書本，昏暗的家內僅有餐桌上方的燈亮著，綉治就著微弱的光讀書。當門外有腳步聲，綉治的心都會跳一下，用餘光偷看進門的人。

信宏拉開門，屋外走廊的燈光在信宏的身後發亮。信宏總是在綉治看清他的表情前便走上樓，門關上的聲音傳到樓下的廚房。

書本旁邊的剩菜還散發著餘香，不斷地引誘周遭的生物啃食它。

綉治走到門邊的衣架，拿起信宏剛掛上的大衣，摸索、嗅聞藏在纖維內的訊息，但是她只聞到藥水味，還有發現袖口有墨水的痕跡。她後退遠離那件大衣，對自己的行為感到羞愧。她決定一個人吃完那份剩菜。

不知為何，那晚她夢見了小瑪麗在她面前大口地吃肉，滿嘴沾著猩紅的醬汁。桌子邊緣有黑色的小點在爬，一隻隻的螞蟻在爬行，小心地接近盤中的肉。

早晨的陽光一下子刺醒了綉治。她試著起身，但是身體過於沉重，她沒辦法從床上爬起來。她陷入第二次的睡夢，分不清是在夢中還是現實中聽見信宏出門的聲音，她想說出門小心，但是喉嚨乾得發不出聲音。

太陽升到更高的位置，整扇窗戶被照得發亮，綉治漸漸甦醒，開始有了更多的知覺，她覺得自己發燙的身體在顫抖，接著胃像是挨揍了一拳，她吐了。

綉治坐在餐廳桌邊，披著大衣在發抖，她努力地對抗恐懼，思索自己可以到何處求救。橫濱沒有任何認識的親信，父親遠在神戶。只剩下江子姐了，她腦中反覆想著一定要找到江子姐。

穿上比平常多一倍的衣服出門，外頭正在下雪，水落到發燙的火爐會發出嘶嘶聲，她覺得自己的身體正在進行抗議。

她坐上自行車坐墊，腳習慣性地踩動踏板，覺得哪裡出差錯。

橡膠車輪被拆掉了，連帶許多零件也被拆走。

她呆站在門口，盯著失去功能的自行車跟自己一起困在吸食溫度的雪堆，哪裡都去不了，像是失去時間的人，看著街上的其他人正常過生活。這是典當掉哥哥腕時計的報應，她想著，自私的人有自私的結局，活在只有自己的世界裡。

口袋內的手握緊前一天的薪水袋，她決定走上街。

街上的每個人都低著頭走自己的路，偶爾樓上的人家探出頭，為的是將窗戶咔地關上。綉治盤算要找店家借德律風通知莫羅夫人請假才行。不曉得到底走了多久，她終於走到商店街，招牌寫的是漢文字，身穿唐裝的雇工穿梭在倉庫並排的巷子內。她沒看招牌，隨便挑了一間商店走了進去。

失禮，德律風能否借用一下？

站在櫃檯的男人看著他，表情沒有任何一絲的同情。

綉治比向自己的胸口，反覆地念著詞彙，台灣、清國、唐山、求求您、拜託……。男人的表情仍舊像一堵牆。

她放棄了，退出店門口。

雪停了，但是身體卻更燙了。

來往的車夫講的話不是台語。應該是廣東話吧，綉治猜想。

以前祖母總愛在飯後，要綉治坐到她的腿上，祖母會指著正廳的祖先牌位，用棉柔的台語說起家族的歷史。我們是唐山人，要記得唐山話，祖母挽起綉治耳鬢的髮絲，細聲地說。

在橫濱遇見台灣人的機會有多大呢？綉治坐在路邊，閉著眼想。就算遇到了，她能得到幫助嗎？在這種時刻……。口袋內裝的薪水袋，不時用重量提醒綉治，但她仍舊呆坐在原地，看來往船隻停靠碼頭。

一個尖銳的念頭正在刺麻痹的知覺：做出決定的人一向都是她自己。

本來遇見信宏是第一步，下一步是離開信宏，至少她是這樣計畫。為了雙方的利益，合作來到內地，達成目的後，存在的意義便消失，真正的自由才能誕生。哪像現在，她根本是寄生在林家的寄生蟲，不履行傳統女性應有的責任，還花用林家的資源。她應該帶著口袋的錢，跳上隨便一艘船到新地方去，遠離台灣、日本。如果熬得過這場病，她就能在新地方成為瑪麗口中不幸的人。

如果熬不過這場病呢？她代替二樓窗簾後的身影嘲笑自己，笑她是自私的蠢蛋，不甘願留在幸福的台灣，充當修之的未婚妻，讓修之就近照顧粗心的哥哥。

正當她快陷入昏睡，船鳴震盪她的耳膜，她感覺胃一陣翻騰，再度吐了。修之瞇眼的笑容浮現，耳邊甚至響起結婚的鞭炮聲，綉治甚至不敢肯定街道另一端的騷動是現在正發生的事情。在視線發黑之前，她只記得有人在奔跑，大吼著廣東話，後方也有穿著黑制服的人在追趕，可是她覺得時間好像變得濃稠，她卡在時間的夾層中，沒辦法清醒。

夜裡，月光下有人將被子拉起來。人的影子如時針輕拂地表。

綉治曉得是祖母來了。她忍著炎熱，不動，不吭聲，等祖母離開房間，她再將被子拉下來，生命對她來說是無止境的，不像步入凋零的老年人，就連身在緯線南方的島嶼，也會害怕冬季傷寒隨時帶走性命。

葭月的北港，大片原本直立的甘蔗田，一陣一陣地伏倒，讓農人捆綁成束載上牛車，運往火車站。庭院早擺起篩仔，婦人們坐一起邊談天邊搓圓仔，留一些剩料給綉治捏動物。等農人收工，滿身苦汗地進來，挽起衣袖，接過碗，食完冬節圓後揚起甜蜜的笑容。

綉治舉起自己捏的小人偶給大人們看，「雪人！」

他們彎下腰，問綉治吃了幾粒。沒聽綉治回應什麼，他們笑得很開懷，像對待嬰孩一樣。

綉治覺得湯甜得嘴裡發酸。

雪人被母親收走放到神明桌上，綉治踮起腳，試著搆她做的小雪人。

公學校老師教大家不同月分的稱呼，講到十一月，課本插畫是披著斗篷的雪人。十一月在和曆叫做「霜月」，意思是開始結霜的月分，老師解說。

為什麼我們需要知道結不結霜呢？綉治拄著頭想。

我們本就是移民之子，如鴿子，憑身上的流竄血液就能找到回家的路，祖母搧著蕉葉說。

要是血流光了怎麼辦？

那個時候恁已入土。

睜開眼睛，綉治看見洋式的天花板，知覺漸漸回到軀殼，時間再度流動，她發現自己躺在沙發上，身旁是莫羅家的女傭，綉治猜想送她來的人，想必是透過她口袋中的薪水袋找到這裡的。女傭取下綉治額頭上的濕毛巾換上新的，綉治才發覺額頭燙得像是煮沸的水壺。

謝謝，綉治勉強發出聲音。

女傭拍拍她的手，「夫人跟警察大人談完了，等一會林先生就會趕來接老師。」

綉治聽到信宏要來，掙扎地坐起身，但是肌肉無力地癱軟在床上，不聽使喚，唯一能動的僅剩臉部。

「對不起。」

女傭帶著疑惑看她。「這裡的氣候很難適應吧？我也是從南邊來的，很能了解適應冬天的痛苦，我的家鄉在長崎，跟這裡有一點像，許多洋人的房子，您聽過嗎？」

綉治微笑。「妳叫什麼名字？」

「鈴木節子。」

「那妳在這裡過得還好嗎？」

節子的臉綻放出醺人的笑，「會愈來愈好的。」就像雜誌封面的大和撫子。

火燒

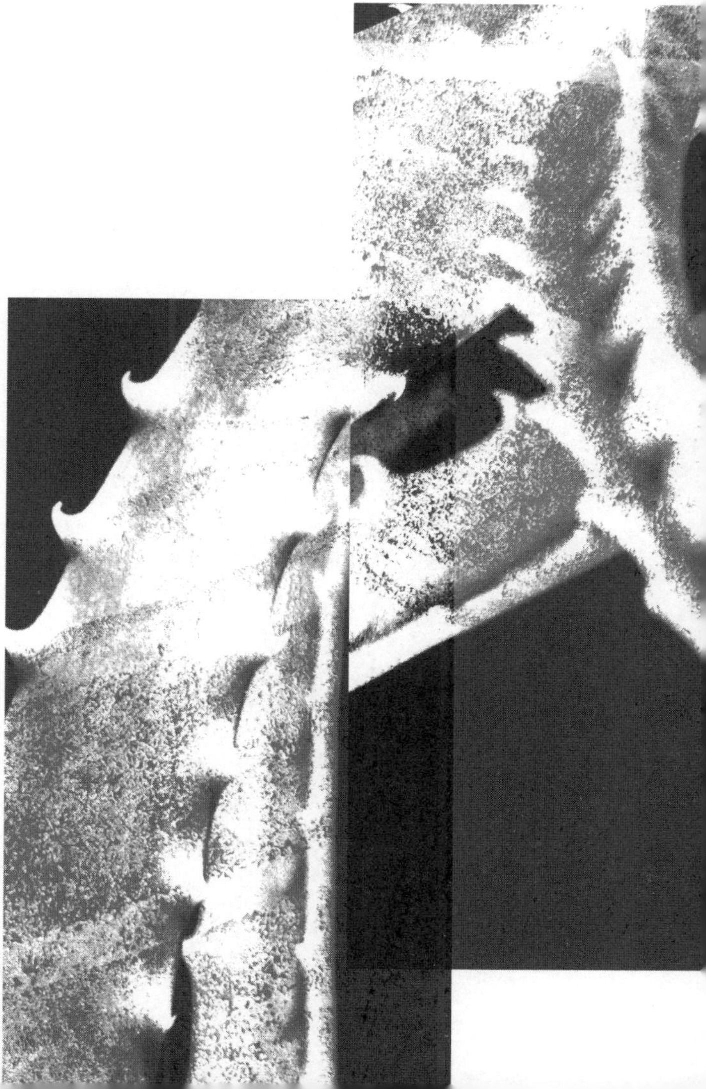

車站月台外一排愛國婦人會的女人，臉上掛著宣傳品般標準的笑容，為入伍的軍人送行。

良文一人坐在回去台南的火車上，每當列車停靠在月台的時候，一群穿著軍服的男人擠上車廂，他則抑制自己想下車的衝動。

月台柵欄搖曳旗子，血紅的太陽眩目，斗大的字：祝出征。

擁擠的車廂，比平時更難入睡，為了避開與其他人接觸眼神，他仍試圖閉上眼睛睡覺。黑暗中更能感受到車身的搖晃，每次一停下來，他都有到達台北站的錯覺，像過往開心地遠離家鄉回學校上課般，一到站他便立即跳下車，投奔台北花綠的世界，有身旁的修之伴隨在側，走到哪裡都能留下他們倆的身影。

末廣通煙霧繚繞珈琲廳，彌漫女給紅唇的香味，李香蘭纏細的歌聲撩動高校生的視覺，良文覺得暈眩，倒在不知是誰柔軟的懷裡，他懶得睜開眼去查看，因為他不在意自己的真實身分，李良文，跟破帽子一樣，就算不見了又怎樣呢？大不了再次拿刷子把新帽子刷破，任何地方都有即將變成舊的新帽子，任何地方都可以是他的棲居之所。

明日流向何方，可知否。

有人又送來一杯酒。

酒精刺痛著咽喉，良文皺臉，仰頭大笑，想起幸德秋水曾說過的話：

如是而生如是死啊。

唱片機運轉的速度愈來愈慢，不知不覺歌聲停息了，剩下一片寧靜，良文感覺自己掉入某個空間當中，躺在那裡許久，不需要再去想帽子、想未來，還是家裡的事情，他什麼都不想了。

連感覺都消失不見了。

第一個傳回的知覺是熱，加上一丁點痛覺，良文才知道自己的額頭在發燙，挪動眼瞼，刺眼的光線逐漸掩蓋他的眼窩，四肢的感官從皮膚傳到意識裡，良文勉強睜開眼睛，看見自己跟其他人在學寮的地板窩成一團，十七歲男性集體散發享樂後的惡臭味。

修之早就醒了，坐在窗邊俯視著他們，背後窗外的陽光太刺眼，良文試著直視修之，可是光線刺激得眼睛泛出眼淚。

出去走走吧。

修之說完從角落堆拾起外套，輕放在良文的肩上。良文已經能感受到外面陽光的溫暖。

走到街上，兩人在路邊攤販找板凳坐下，身旁有車夫及其他勞工正在享用湯麵。過不了多久，老闆馬上送來兩碗蛤蜊湯，良文數了一下碗中的蛤蜊，比台南的還少，斧足看起來病弱的樣子。

修之有朝氣地動起筷子，「不曉得放榜的結果如何？」

「最好永遠都不要知道。」

「你不想念大學嗎？」

「從來就不是我想不想啊，修之。」

修之的臉帶疑惑，良文更激動。

「你不會覺得生氣嗎，他們全看在我有錢的分上才來跟我們混，心裡卻還是貶低我們本島人。」

修之喔了一聲。「沒關係。」

「沒關係？」

面對修之幾乎沒反應的回應，良文心中的怒火被澆了冷水，濃煙竄出，心裡感覺更難受。如果他考上了台北帝大，不過就是應驗了家族的安排，考取一個地位好安插到適當的職業，穿上挺立的洋服、蓄鬍，還有禮帽。

如果他沒考上，不，結局早在他落入北港李家開始已成定局。修之喝完蛤仔湯，筷子整齊擺在碗中央，雙手合十，臉上掛著清淡的嘴角彎。

良文常覺得心中有無法撲滅的火，每天燃燒他的精神，使得他必須找方法麻痺感官，忘卻燃燒的痛楚。家中沒有人能理解他的痛苦，妹妹綉治是剛步入成長的少女，將踏上與他不相同的道路，妹妹是不可能了解的。

男丁是家族的火，要燃燒自己，照亮回家的路。父親早在他中學時就告訴過他家族生活的道理，整個大家族要興旺下去，需要不斷補充燃料。

為什麼願意犧牲自己呢？一塊大餅終究會有分食完的一天。他始終沒問過父親這個問題，只能從母親摺疊父親衣物時的表情讀出犧牲的價值。

每當看見身旁的修之毫無憂慮的表情，內心掙扎的怒氣像清晨的露水蒸散，如坐立千年的新高山見證島嶼上的生靈繁衍，四季變換，自己不過是渺小的螞蟻，伏行在地表石粒間。

若脫去階級能像脫去外衣般輕鬆就好了。

如今良文脫去學生制服，即將穿上與許多台灣子弟相同的志願兵軍服，戰場上他們不過是清一色的台灣人，沒有所謂的富人或窮人，他拒絕考幹部候補生，推開擋在門前的叔叔。門板打開，青綠的甘蔗葉在招搖，他跳入田裡，密生的甘蔗看不出排列的規則，讓他在泥土地恣意耗費精力，恨不得能把整片田踩爛。

少爺，快上來啊，甘蔗土根踩壞就不好收成啦。

良文從田裡出來，抓住農人的手爬上田埂，坐上車板。農人吆喝一聲，牛擺一下頭，拉動車子往前行。

哥哥就是下一個了吧，妹妹居然預言了他最不想面對的命運。

良文暗笑自己居然還在逃避現實。

農人讓他在糖廠的火車站下車，他坐在月台椅子上，緊抓口袋內的錢包袋。火車即將靠站，站長的哨聲貫穿腦門，熟悉的煤油味噗上來。他隨人群擠上車，循著數年來習慣的路線到達台南。

他第一次走進代座敷，走廊滿是穿著洋服的男人，抽煙跟女人們談笑。他們投來的目光讓他覺得自己不夠成熟。

他高舉錢包，要女中準備面河的包廂，只准許給他一個人。

關上門，他一邊聽旁邊房間的嘻笑聲，一邊寫了三封遺書。想不到該寫什麼的時候，他就拿起酒瓶對著嘴喝，直到眼睛看不清自己寫出的字，他大吼要人送酒來、送更多酒來、我還有錢。

看向窗外的河水，他恨自己沒有勇氣走入運河中，佯裝瘋子撒光身上的錢財。

「入獄前我是一個社會主義者，出獄後我是個無政府主義者。」

但願未來入伍的日子，我能找到這句話真實的模樣。

他倚靠在看台上，腦中無法揮去修之踩在木地板的聲音，獨有的咿呀聲有獨占的印記。他睜開眼，期待拉門背後的身影。門打開，答案揭曉女中的臉，良文再度將自己丟棄在無盡的黑暗中。

修之為了伴隨在良文身邊，盡力地當光明的一方。良文覺得自己應該呵護修之，不讓他反被自己的黑暗吞噬。他喜愛跑去商店街，拿幫修之買大衣當藉口，攤開永遠沒有盡頭的紙鈔放在結帳櫃檯。隔天修之擅自將大衣退貨，錢還給他，依舊穿著線頭鬆脫的舊大衣，袖子也短得離譜。

從中學相識的那天起，良文就注意到修之，所以他故意跟他借用橡皮擦，看他願不願意借他。修之整塊地將橡皮擦放在他桌上，笑得很直接。良文回報禮貌式的笑容，用完收進口袋內。

放學，如計畫，拿著橡皮擦來到橡皮擦主人的家。

錯落在本島人街的兩層樓雜貨店，滿身補丁的修之還是掛著同樣的笑容，良文不用額外再買些什麼當藉口，那天他們兩人拉起彼此的手，眼神的交流說好要永遠陪伴彼此。

他們看著彼此，長得健壯、結出喉結、鬍子，長成男人。

考上台北帝大，母親特地來到台北，替他在兒玉町租了一間日式平房，格局完整，只欠沒人生活過的痕跡。母親連台南市都沒去過幾次，不適應台北滿路跑的公車還有喧鬧的市街。母親用蹙眉表達微弱的意見。

良文記憶中的母親，臉龐從來沒有老過，毫無髮飾的大頭鬃散發柔光，找不到一絲白髮，身上的長衫顏色，隱約反射光線透露緞料的質感。小時候，母親還曾說過在廈門念女校的事情，牧師教女學生打庭球，她們打著赤腳在紅土上奔走，「為了接一顆球，大家都玩瘋了。」母親邊擦拭良文的腳邊說。良文看著母親藏在皮鞋裡自然的腳，一派開明女性的樣貌，但是那雙腳只踏過家園的土地，停留在成為人母前的時光。

良文想像紅土上奔騰的少女，之中有名女孩停下腳步，穿回鞋子，收起教會給予的知識以及十字架項鍊，渡海來到北港。

「有事情可以找你阿叔，知道他在哪裡吧？」

「知道啦，母親。」他懶得提醒母親兒玉町跟大稻埕的差距。

母親環顧室內。「那孩子是很認真的好孩子，對吧？」

良文撇開眼神，點頭。

「是啊，他當然要更認真才行。」母親像是在對他說，「你總有一天要獨立成家立業，家裡這麼多孩子，等你父親準備退休後，家業就要交給你堂哥了。家族的人，不是提供家裡功用，就是自己出去獨力更生。」

「母親，我明白的。」

良文捲起袖子、褲管，到庭院旁接水，水管一開始堵住，等空氣排開，水馬上嘩啦啦降落。他回報母親微笑。

母親悠悠地微笑。道別後，母親坐上人力車走入夕陽沒入的那端，髮絲在陽光的照射下一片淨白。即使母親沒有白髮，良文也覺得母親真的老了。

台北建築物緊鄰，傍晚看不見太陽落入地平，天空在樓房的間隙，一轉眼即黑，路燈一盞盞點起，隔壁家的炊煙飄散過來。

良文拄著頭，面向庭院側躺讀著《基督抹殺論》，憶起母親首飾盒裡的十字架。他閉上眼睛，耳邊一直有咿呀聲迴繞，但當他睜開眼，屋內只有他一人。

平日上課，兩人唯一相聚的時間是課後兒玉町的房子，良文理農學部的上課的座位變得稀疏，感覺同學一個個隨撕下的日曆流散，校內的話題時常圍繞在徵兵或其他戰爭話題，教授口中滿是：如何提高南方的糧食。良文下課後時常跑去聽其他地方的講座，或是跑去新起町逛書攤、看樂器店內的人彈奏鋼琴。無論如何，想盡辦法遠離在校內穿梭的軍人，不想沾染太多帝國的氣息。

他掂一下零錢袋的重量，決定一路走到大稻埕。

走在大稻埕的街道上，這裡的歡笑聲已不如他們高校的年代，到處可見武運長久及日之丸的旗幟，佯裝城市的朝氣，良文走在街上覺得腳步空虛。

「久美子，小久美子，」良文趴在桌上，透過玻璃杯看著久美子，臉部的輪廓扭曲，色塊鮮明，他看得出神。縱使早在他念高校的時候，久美子就在這間店當女給，他仍喜歡叫她小久美子。「究竟妳的本名是什麼呢？」

久美子作勢要走，良文立刻拉住她的手。「對不起，對不起，我是個笨蛋，不要生氣嘛。」

「我可是要工作的呢。」

「我也有在工作，」良文指著桌上字跡繚亂的稿紙，「作家是很容易被人誤會的職業，看起來沒在做事，可是我們的工作都是在腦中進行，是看不見的。」他從口袋裡掏出紙鈔。

「李少爺，你不能一直占有我。」久美子坐回他身邊，睜著大眼睛頭歪一旁，良文忍住不說話。「店內也有其他可愛的女孩，可以多跟她們聊聊，我可以介紹你們認識。」

「不，我只想跟久美子小姐說話，她們涉世還不夠深，聊起來好無趣。」

「小良文果然還是孩子，喜歡涉世深的女人，是因為身邊太多純潔的女孩了。」久美子輕點良文的鼻子。「真可惜沒辦法看你的作品，是在寫純情少年與風塵女子的愛火嗎？」

「哈，小久美子不需要看無聊的文字，妳過的生活比任何小說家寫的都還精采、豐富。」

「我反倒希望現實可以像小說，再怎麼悲慘都還是有希望。」久美子輕推良文拿著紙鈔的手，起身離開。在那一瞬間，良文看見她卸下女給的面具，紅亮的唇不再勾著新月彎的嫵媚，但就在她走向別桌後，她的臉再度與女給的臉重疊。

良文把細節記錄下來。

他想像自己能夠躲在角落，待夜深，尾隨下班後的久美子一行人，聽女給們卸下營生的面具後的真心話，不知道自己會不會被提及，什麼樣的客人會被提起，富公子、商人、官員，當中會有愛情嗎？或者只有小費的算計。她們來自何方，想要去何方？他飲盡杯內的酒，想看清楚她們，眼睛卻總有一層模糊的薄膜。

出去回到大稻埕的街道，良文叫了一名最近的車夫回住所，車夫不像女給有完美的攻防手段，國語說得落魄，良文懷疑他是否有聽懂要去哪裡。車夫一直點頭，招呼良文趕緊上車，等良文坐妥後，車夫喬半晌姿勢才出發，良文發現他的肩膀是歪斜的。

良文想問他當車夫多久了，但是話在肚子內兜轉，說不出口。到路口，良文預先告訴他，這裡右轉，左轉，車夫聽了都是笑笑的，哼著良文沒聽過的歌曲。到了住所，車夫放下車子，擦著汗。良文緊抓口袋內的紙鈔。

你從哪裡來？

大稻埕啊，車夫用台語回答。

良文給了他一圓紙鈔，對方沒有遲疑地收下。

回到家，空氣飄散鄰近長屋炊飯的香氣，良文隔著圍籬聽他們多種語言的匯合，打趣的熱度，開水栓時良文也能聽見水在底下流竄的聲音。

走廊傳來咿呀聲，這次不是他的想像。

修之帶著食堂的飯菜回來了。良文起身去燒水泡茶，喝著熱茶，聽修之邊吃飯邊說話，消解大稻埕的油膩。

「我對醫學感到乏味了。」修之連筷子都沒拿起來。

「又被退件了？」

「嗯，也許收到的編輯覺得我的東西太稚嫩了吧，都什麼時代了還停留在新感覺派的東西，雖然我不會這樣子定義。」

「別理他們，他們全部都在自我安慰，只曉得尋找歷史題材來歌頌軍國及戰爭，沒有藝術可言。」

良文看修之仍沒回應。

「不然，先給我看過吧。」

修之馬上瞇眼笑，兩手遞上稿紙。彷若第一次借他橡皮擦時的情景，每份作品都是修之對他及這陌生的世界，投以信任的笑容。這個世界也唯有他能夠看懂修之。

摩挲在腳掌與地石之間
生的躁動
愛人們
跪在地上呢喃
讓微風輕掃帶過

島嶼南緣
熾熱的火

題目是〈火〉。「這就是你的題目？」

修之點頭。

「如果多一點南方島嶼的感覺，再加上戰鬥飛機、大砲、魚雷，你一定會入選。」

「真可惜吶，我們差一點就有壽司可以吃了。」修之打呵欠，「我真的不想當醫師。」

良文停頓片刻，「真沒想到。」

「班上的同學，多數也都不是真的想當醫師，有人甚至在實驗課偷舔菌株，要是生病就不用當兵了。」

「哈，我也羨慕起你們了呢。我無論如何都逃避不了的吧，我們的命都操控在國家的手上。」良文想起車夫歪斜的肩膀，像那樣子的人應該就不會被徵召了吧，他猜想。

炎熱的島，志願書上賁張的血印，一張張換作校內軍人肅殺卻未脫稚氣的面孔，南方確實需要濕潤的海風消滅焰氣。世界原本是沒有紛爭的。

「喂，修之，你覺得南方的島，是不是就像你寫的那樣？」

「南方是說台灣嗎？哈哈，」修之眨眼，「作者不會輕易告訴你的。」

「喂，修之，不當醫師，你想做什麼？」

「不知道，良文想做什麼呢？」

「如果未來就是上戰場，那我也沒什麼好選擇的了。」

良文感覺溫暖逼近過來。不管你在哪裡，我都會陪伴你身邊的，話說得很細很柔，只有良文聽得見，他還是借他橡皮擦的那名窮男孩。應該是良文要守護他才是，他活著的使命就是要燃燒自己。

「喂，修之，我們一輩子待在台北，好不好？」

庄長帶一群警察到家裡來，叔叔特地趕回北港，代替家中的女人們與對方交涉。母親與姑嬸們關在房內，良文跟叔叔一起在正廳，聽不到女人的動靜。

李家勢必要有男孩加入，這是全國動員的要事，大家都看在眼裡，庄長語調圓滑地說。

二子是家中備用的棋子，這句話在良文腦中盤繞，他訝異自己想笑的衝動比想哭還多，他恨不得可以發狂地大笑，讓那些宣導愛國思想的人懼怕。

叔叔去新町把他接回家的時候，什麼話都沒有說。

沒幾天，紅單立刻捎來家中，母親忙著整理他房間的東西，良文發現母親的髮根變得花白。

伯母遞給他千人針，說特地找來屬虎的女人縫針，祈求平安。

他不相信，卻只能道謝收下。

第一次回來北港的心情如此沉重，讀書會已解散得差不多，戰爭像綿延燃燒的大火，任誰都阻止不了。良文隔著牆斷斷續續地聽他們的對話，一邊整理東西，他拾起桌上的鋼筆，想到綉治到內地居然快半年了，桌上不知何時多了焦黑的圈痕。他不自覺地用手撫摸，仔細感受炭化的木材堅硬的質地。

書桌抽屜裡還有三人小時候的詩句，修之從以前就喜愛詠嘆蔗田及海邊，良文笑那是風花雪月的四季派，綉治搶走他手中的鋼筆。「為什麼不能寫自然的美。哥哥這種人根本不懂得欣賞。」

那枝鋼筆在他去台北念書後，便一直放在北港，留給綉治使用。

現在綉治嫁去內地也用不到了，良文這才發現，往後的日子只有他一個人。

早在他送喜帖給修之的那天，修之已經預言了。

「你的願望永遠都不可能實現了。」

「綉治遲早都要嫁人的，拜託你成熟一點！」良文怒吼。

那是他們兩人第一次真的吵架。憤怒下，良文跑去銀座通花大錢買了一只腕時計，為了展現自己是成熟的，在面對不情願的事情上也能獻上祝福。但是他失敗了，送給綉治的時候，他也曉得自己笑得很僵硬。

眼前的甘蔗田被鞭炮的灰煙遮蔽，連同新娘及新郎的身影，都像是煙霧中的水影。

良文一個禮拜後就要去左營報到。

火還在延燒，戰爭的火縱使看不見，也能感受到它的炙熱，那股火良文怎樣都無法澆熄，連肌膚都在隱約作痛，像無數的螞蟻在叮咬，注入毒液到皮膚下，他從睡夢中驚醒，到外面拿裝滿水的木桶潑向全身，仍然無效。

那篇未完成的女給小說，他封裝在信封裡，帶著其他用不到的衣物，坐車到修之家。

雜貨店鋪看起來比記憶中更萎縮，美幸帶他走上二樓後就離開了，整間屋子剩下他們兩人。這是良文第一次走入雜貨店的二樓，他難想像窄小的空間容納了四人的起居。

比起吵架那天，修之坐在窗邊，看起來面頰凹陷，皮膚毫無光澤。良文哭了，跪在地上。

修之的身影背對窗外的光線，良文看不清他的面貌，只能感受到他的體溫，燙人得炙熱，以及衣物摩挲的粗糙感。

思念藍色的海

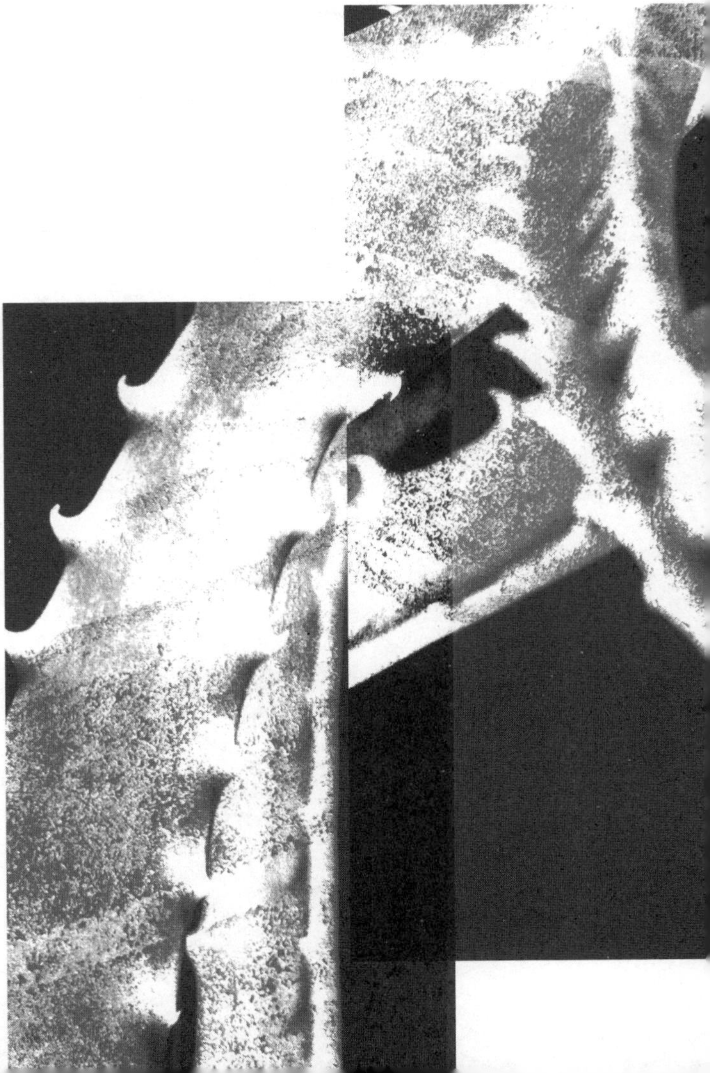

繡治感覺到臉上有股熱氣吹來，睜開眼睛，看見信宏正端著一碗熱粥，吹散粥的高溫。

湯匙送來，繡治乖順張嘴含入。

時間因生病而切得細碎，繡治分不清楚今天信宏究竟需不需要上課。

「學費還差多少？」信宏遞上湯匙時直視繡治。

繡治用力撐起身體。

「莫羅夫人應該能體諒我的狀況，我趕緊恢復體力就行了。」

信宏手中拿著藥罐，「妳要是不愛惜自己的身體，我就不用浪費藥在妳身上，外面多的是需要的人。」

「怎麼突然關心我來？你不是每天把自己關在房間裡嗎？」

信宏放下粥及藥罐起身，接著掏出口袋內的口罩放在床邊。

「妳知道要去哪裡找我。」

門扣上後，繡治聽信宏走下樓梯的腳步聲、房門打開、關上的聲音。她把頭埋進枕頭內，閉上眼，在少了光線的地方，南京町店鋪的男人就會浮出來，冷眼看著她拼湊支吾的語彙，像抵達不了岸邊的落水人，耗費力氣揮舞雙手亂抓。水依舊在流，肺內的氧氣逐漸乾枯。

橫濱港每日來往的商船都在質問她，究竟有沒有決心主宰自己的生命，答案是沒有，她沒有勇氣踏上船板，將自己拋向未定數的自由。她寧願當寄生蟲，賴在林信宏的身邊。

三人一同快樂地生活，會是這輩子最幸福的事。她懊悔自己親手扼殺了機會。她背棄修之跟哥哥，欺騙家族到東京當假的新時代女性。她才是真正的廢物之人。

連續喝了一個禮拜的粥，但是她無法起身，癱在床上。每日信宏出門前會把早、午餐放在她床邊，回來後再收走碗盤，放上晚餐，他一人在一樓的餐廳用餐。晚上，她聽得見信宏走進隔壁的房間，輕輕把門帶上，她仍不知道信宏在房內做什麼。

這天休假，信宏找了一些台灣人到家中，他們多半念醫科，其中一名中分髮的男大學生在信宏的陪伴下走進綉治房間。

「大嫂，」男大生直接稱呼，笑容透露校園的稚氣。「大嫂，別看我還沒卒業，我的家人都給我治療過喔，如果妳信任我的話，願意讓我檢查病況嗎？」

綉治瞄了信宏一眼，沒想到他嘴角彎起來。綉治遲疑地點頭。他彎下腰從皮箱內拿出聽診器，兩片瀏海垂到額前。

「等等，他也要在場嗎？」

男學生愣了一下，轉頭看信宏，垂在前額的兩片瀏海來回晃動。「通常是的。

請問有什麼問題嗎？」
「沒什麼，對了，你還沒說你的名字。」
「陳春發。」他臉頰變得通紅，「大嫂，不好意思，現在要請妳幫忙。」
信宏同樣撇過頭。
綉治將聽診器拉入衣服內，聽診器冰涼地貼在肌膚上。小時候她經常偷跑進父親的衣櫥，躲起來，衣櫥內有一個木箱子裝聽診器。幼小的她只戴了半邊的耳朵，用聽診器來認識自己的身體，裡面充滿了雜音，好不容易終於找到心跳的聲音，模糊，但很有力，像是另一個人的身體。
聽診器謹慎地拿開，春發轉頭跟信宏討論藥的名稱，綉治只聽出來他們說，應該沒問題。
「謝謝你。」
「不會，多謝林學長平日的照顧才是，『春發為學長降生，為學長所造就。』」
信宏歪嘴角發出不屑的聲音，走出房間。綉治跟春發兩人互看笑出來。外面收音機正在播報野球比賽，大家熱鬧地討論。從兩人來到內地以來，這個房子第一次有了歡笑聲，天氣似乎開始轉暖了。
「果然是大學生，我哥哥也喜歡把《人生論》裡面的句子掛在嘴邊到處說。」

春發搔頭，靦腆地笑。「獻醜了，大嫂的哥哥也是大學生？」

綉治點頭，「不過應該快卒業了。」腦中有哥哥及修之穿著帝大制服、頭戴三線帽的身影。春發遞水杯及藥丸給綉治，她接過，喝口水，仰頭吞入藥丸。

「是啊，再幾個禮拜，雪應該就融了，到時候就會看到櫻花呢。」

「是啊，內地的櫻花。」

兩人一起望著窗外，綉治看見對面房子的屋頂上有除雪的人，好幾個人站在梯子上，一個一個傳送冰磚到地面，堆積路邊。

春發突然雀躍地回頭，「對了，大嫂會不會覺得無聊？我可以拿些書過來。」

春發開始細數學寮有的書。

「我現在的狀況，大概適合看堀辰雄吧。」

「哈，我太遲鈍了，那種唯美的東西我完全看不懂。」

「那麼陳君喜歡看什麼書呢？」

春發傾身壓低聲音說：「我不能講喔。」

門外發出輸球的咒罵聲，憤怒的團結情緒，壓過春發曖昧的笑容。

窗外的陽光耀眼，卻讓一切顯得更模糊。綉治記得春發說藥效會讓她昏睡，請她趁機好好休息，當她閉上眼，不一會覺得自己回到了南京町。街上穿著制服追趕廣東人的人，變成了良文及修之，奔跑的人變成了她自己。

她曉得他們追趕她的原因，所以她得找個地方躲藏才行。田埂間剛好有乾稻草，她跳進去，屏住氣息。

出來啊，綉治，他們開心地大喊，四處尋找。

哇——良文滑倒在爛泥裡，田裡印出良文的人形。

修之站在田埂上笑得彎腰，良文伸手抓住他的褲管，把他一起拉下來。他們兩人在泥巴裡玩在一起，身影幾乎疊成一個人。

她定神地看著，忘記他們找她的目的是什麼。

夕陽很快到了地平線，他們還是找到她了，將她拉出稻草堆，清理她身上夾雜的稻梗，在衣裙內、髮絲間。回去的路上，修之哥溫柔地牽起她的手，另一手牽起良文的手，好像是修之才是帶他們回家的人，綉治及良文是迷路的孩子。

三人要一起一直走下去。

回到家，母親念了哥哥一頓，差使下女幫哥哥及修之換上新衣服。哥哥的夏季和服套在修之身上，綉治有了新哥哥，看起來更像是真的哥哥。

哥哥們的暑假是她最快樂的時光，修之不介意她隨意闖入，黏著他們老問無止境的問題。

為什麼海洋是藍色的？

因為光是很多顏色組成的，當光跑進海水裡面，其他顏色必須被海水吸走，但是藍色跑得很快，逃得掉，所以能被我們的眼睛看見。

藍色不想被吸進去嗎？

修之歪一下頭。藍色應該沒有想不想，它只是可以跑很快，所以跑掉了。

綉治嘟嘴，不滿意修之的回答，生氣地捶他的肚子。

好啦，好啦，修之握住綉治的小手阻止她。

「不然妳覺得是為什麼呢？」

「藍色不是故意要跑掉，他也希望跟海永遠在一起。」

「喔？」修之歪頭，「那當所有人看到海都看得見藍色的時候，是不是就像藍色跟大海還是在一起？」

嗯！綉治點頭。

修之摸綉治的頭。「小綉治說得真有道理。」他拿出一本新的筆記本，給綉治一枝鋼筆，要她寫上自己的名字。「記得堅持做自己喜歡的事情，這樣就可以跟喜歡的事物永遠在一起了。」

從此她黏在修之哥的身邊，看在旁人眼中有十分充足的理由。

瞧李家的千金跟莊家長子，感情真要好。班上同學及鄰人的耳語，她都聽在心裡，閉眼沉浸在銀座通吵雜的音樂，不時飄散珈琲香，還有那熟悉的笑聲，良文及修之就在她身旁，三人構成美滿的世界。

綉治睜開眼睛。

天花板頓時有些陌生，洋式的掛燈，這才想起自己躺在橫濱住所的床鋪。寒意從腳趾竄上來，她緊閉眼睛，逼自己再度回到夢中。

按時吃藥的壞處是腦袋變鈍，好處是她得到了充分休息，有更多時間複習書本，讀累了就在筆記本上記些隨筆，有想法時就發展成一首詩。兒時的筆記本還留在北港家中，她想過該不該帶來內地，但決定跟哥哥們的筆記本一起留在抽屜內，保存在北港的時光裡，她要進展新的時間軸。

生病的日子，她每天躺在床鋪上看信宏出門、回家，儼然是社會大眾譴責的失職妻子，讓先生自己換衣服、吃飯、打理日常瑣事，回絕鄰組要求的工作。每隔一週就有女傭會來家裡幫忙，她的背微駝，關節粗大，手腳俐落，不像莫羅家的節子還帶著青澀的羞怯，她已經將怯生完全消磨光。綉治還沒開口，女傭就已經先問。

「夫人有考慮生孩子嗎？」

「我身體這樣子，有辦法生嗎？」綉治故意回答。

「要生，能生孩子就得努力生，男人在戰場上保護我們的安全，就是要後輩子孫好好繁衍。看你們有什麼食材，我來幫夫人做菜吧。」

綉治不想跟女傭解釋太多，直接告訴她食材放置的地方，任她自由發揮省得她一直講話。他們領到的配給並不豐富，多少還是得靠家族商會的支助，取得額外的必需品，包含許多台灣的生產品。「夫人，」女傭高舉蓬萊米，「這在黑市很貴的呢！」

女傭果真做好了兩人份的餐點，桌上擺好一碟醃梅子、醬菜、燉碎肉，掀開正中央的砂鍋鍋蓋，露出被紅豆染成櫻粉色的米飯。女傭得意地向綉治邀功。「我女兒結婚前，我都給她做赤飯，女孩子初潮來吃這個是有道理的，我念大學的兒子跟我解釋過，紅豆是很營養的食物……」

剛好信宏回到家，綉治鬆了口氣。女傭趕緊收拾東西，準備離開。信宏從口袋內掏出紙鈔給她，女傭立刻彎腰反覆地道謝，聽在耳裡像是雜音。

女傭離開後，家裡再度變得安靜。綉治下床，慢慢走到餐廳，坐下來與信宏一起吃晚餐。

燈光下，兩人面對面的場景讓綉治想起台南珈琲店，那時信宏的面頰飽滿，眼神彌漫放縱的氣息，但是現在眼前的人像是不同的人，面頰微凹，連帶地使眼神更加凹陷，彷彿是為了躲藏他所看見的世界。

「赤飯？」

「你該不會真的以為我初潮現在才來吧？」

信宏斜嘴笑，就像是兩人第一次見面時的表情。「妳可真是標準的淑女啊。這種事我就不曉得了，我們家沒什麼女孩子，不曾做過赤飯。」

「還是當男孩子比較好。女傭開口第一句就是要我生孩子，然後像隻烏鴉守在旁邊一直提醒我生孩子。」

信宏嗯一聲，張嘴含入一顆梅子緩慢咀嚼。綉治一時不知道生孩子的話題還能接什麼話。

「女傭叫什麼名字？」

「山下惠枝。」

綉治喔一聲。兩人埋頭吃自己碗內的飯，信宏率先放下筷子。

「吃完放著，我晚點再收拾。」信宏說完便上樓，關上門，回到以前的樣子。

綉治照信宏說的，留下碗筷在桌上，回到自己的房間，毫無罪惡感。她伸懶腰，坐下來拿出信紙，準備寫給莫羅夫人，一遇到不確定的英文單字就翻開辭典查閱。

聽春發的說法，她的病短時間大概好不了，不如先遞出辭呈，免得耽誤瑪麗小姐的學習。

寫完，綉治走到信宏房間的門前，敲門。她只在剛搬進來的那天踏進過信宏的房間，印象裡面有一張雙人床，比她房間還大的窗戶，面對港口，還有兩個大衣櫃、梳妝台、排滿牆壁的書架及書櫃，能滿足理想中夫妻的標準房型。

自從信宏將東西填入房間後，綉治便再也沒看過。有次信宏出門後，她好奇想看看裡面，卻發現門把上鎖了。

綉治敲門板，看門縫傳來晃動的黑色人影。

「明天可以幫我寄這封信嗎？是要給莫羅家的。」

放餐桌上，裡面的信宏隔著門板說。

睡前，她喝水，仰頭吞藥，躺床上，準備迎接新的夢境。隔天白日來臨，她睜開眼睛，不記得夢裡的任何場景，連信宏出門的聲音都沒聽見。

她從床上坐起身，對窗戶玻璃呵氣，擦去凝結的水霧觀看街道，早在人車行動聲音展開之前，除雪的人先有動作，鏟子插入夯實的雪堆內，綉治想起本島的刨冰，她跟哥哥們嫌碗內的冰一下子就融光了。

天邊越發白亮，人車漸多，一天的工作才正要開始。

她按摩脖子、四肢，輕輕地將腳掌放到地面，舒展腳趾，然後站立起來，披上毛外套走下樓梯。

打開門，橫濱的風吹在臉上，不知有沒有經過高雄港，送來丁點蔗糖的氣息。放在一樓的自行車覆蓋在雪堆內，露出一截失去橡膠皮的鐵框。家教的薪水袋，綉治全數託給信宏拿去存進銀行，反正她的任何開銷都讓信宏負責了，連帶人身自由也是。她站在一樓，只有雙腳能帶她去她去得了的地方。

想起信宏的話，她關上門，選擇待在家裡。

她把火盆搬到客廳，餘火還能用來加熱食物，比壁爐的功用更多。火盆發揮效用，嘴裡吐出的空氣不再是白煙。打開收音機，她坐在沙發上，攤開筆記本，動筆寫。收音機播報了台北的新聞，短暫地出現幾秒鐘，接著被滿洲、上海，各地消息覆蓋。

生動的土丘
熱血散布地表
螞蟻匍行
哪裡有生的氣息

對於還在等待的人們
果核已葬於此處

等惠枝再度來的那天，綉治早換上外出服，坐在沙發上等她，手擺在膝上，如高女老師嚴格教授的儀態，女主人該有的模樣。惠枝的話明顯變少，進屋之後便持續找家事做，一準備好晚餐，馬上扭頭進廚房收拾東西。

綉治要她先坐下來一起喝茶。惠枝小心地坐在洋式椅子，雙腿不自然地併攏。

「夫人病好多了，真是太好了。」

綉治點頭微笑。「聽妳說妳有個女兒跟兒子？」

「是的，女兒嫁去廣島，兒子為國出征了。我本來就是橫濱人。」

「妳一個人在橫濱嗎？」

惠枝低下頭笑。當她再次抬起頭，嘴巴揪得像互報消息的婦人。

「夫人，這房子選得非常好，以前大地震的時候，這棟洋人蓋的房子居然一點事都沒有。洋人蓋的洋房，想不到挺堅固的吧。院子開滿南蠻的大黃花，都淹過原來的綠草皮了。你們花了不少錢吧？」

惠枝身子往前傾，影子映在她的臉上使得她的鼻尖更長，眼尾更下垂，嘴角的肌肉微抽動。綉治還沒想到如何回應，信宏就在這時候回來，惠枝立刻收回姿態，趕緊起身整理廚房。信宏自己脫下外套及帽子，走進餐廳，在惠枝離開前交代她下次要整理綉治房間，他的房間不用整理。

「她是哪裡找來的？」惠枝離開後，綉治對信宏說。「我總覺得她有點奇怪。」

「不過就是一個住在橫濱自力更生的婦人，也算是個可憐人。」信宏邊讀報邊吃飯。綉治發現他的手指不停地摩擦紙張。

「很久沒抽煙了？」

「戒了。這種時刻戒掉可以省下不少錢。」

綉治拄著頭，想著房間的事情。

「看什麼看啊，」信宏放下報紙，「妳不相信我說的？」

綉治笑著搖頭。「喂，我覺得病好得差不多了。我想去東京走走。」信宏聽到了，沒有回應。「我發誓不會亂來，我可以告訴你我要去哪裡，幾點之前回到家。」

「明天妳跟我一起出門吧。」信宏的臉埋在報紙後面。

他們兩人並肩地走在一起，沒有互相勾手，看在外人眼裡，他們就是一對一般的夫婦，簡直像是間諜遊戲。

綉治對愛情沒有浪漫的憧憬過，她深知綺想要是踏到現實的泥土，她就會步入母親的後塵，與祖母的面容逐漸交疊。浪漫關係不過是社會灌輸的扭曲思想，父母親彼此互相尊重，她相信父親克盡他身為人父應做的事情，支撐家業，而母親善盡她應做的事情，將父親遠方的精神帶給兒女。一人的背，累積無數人的影子，為家人、為家族，讓這一切被繼承，永遠地運轉下去。

飛輪要保持同等速度前進，車出的線才可直正。高女時裁縫老師已經預告教室內每個女孩的後路。

但是在那無止境的線絲迴圈，她看見了圈外模糊的光景，翻開波特萊爾詩句的性、泥濘裡打滾的少年、《飄》的郝思嘉。她可以與哥哥、修之躺在床鋪上，徹夜談論對字句的愛。

愛情，變成她與外界眼光的間諜遊戲，因為旁人缺乏想像力。

到了神保町，信宏看了一下腕時計，約定中午在車站會合，他的表情很嚴肅，壓低頭上的巴拿馬帽走向另一個方向，沒入人海之中。

綉治一人走到新野堂，外觀看起來就跟生病前的樣子相同，破敗書攤的窗戶積滿灰塵，看不見內部層疊的書架，跟帝都依舊沉浸在戰爭的煙灰。她按門鈴，好一會才有人應門。江子姐開細小的門縫，凝視門外的綉治。

「妳怎麼會來這裡？」江子看起來不打算讓綉治進去。

綉治解釋前陣子病倒的事情，不知道怎麼跟他們聯繫，所以拖到現在才過來。

「妳一個人來嗎？」

綉治點頭，心臟跳得極快。

上了二樓，房子只剩下黑木一個人，聽著收音機的播報：「吾等突破上蒼的試煉，堅守皇國護持之道，此為吾等一億份心，以至大東亞十億份心……」

黑木只瞥了一眼綉治，繼續低著頭。江子細聲地在綉治耳邊說：太田及坂本被警察約談後，就再也沒回來了。

「這裡已經不安全了。」江子的眼鏡有複雜的反光。

「所有的人都不能相信！」黑木突然大吼。「妳說，這陣子妳去了哪裡，怎麼會有台灣女子一人來內地，每天無事地閒晃？妳沒有完全坦誠告訴我們妳是誰。」

綉治下意識地後退，但是江子姐就在她的背後，瞬間她懂了，這群人聚在這裡的原因，不光是被文壇唾棄，他們是不被日本社會所接受的人，反戰是要被淨空的思維，不容許存在。

她掏出布袋裡的筆記本，扔到黑木面前。

「我叫李綉治，為了來東京，我跟不愛的男人結婚，欺騙我的家人來到這裡。

我唯一擁有的東西，只有這本筆記本，隨你們拿去做任何事情。我不會阻止你們。」

黑木顫抖地拿開筆記本，手胡亂地敲地，口沫在歪斜的牙齒間橫竄。「為什麼不乾脆讓我上戰場，死去就好了……到底這個世界是怎麼回事啊、為什麼……」

江子輕柔地繞過綉治，拉起黑木，安撫他的骨瘦的肩脊。收音機停止播報新聞，改播放交響樂，綉治聽出來是貝多芬的《第九號交響曲》。綉治蹲下來，拾起筆記本，與黑木及江子共享這個寧靜的時刻。綉治發現房間比記憶中的大，到底消失的是書籍還是人，或者兩者都是，確定的是原本角落的保險箱消失了。

綉治以為新野堂能永遠成為她在東京的避風港，替代記憶中台南的三一堂，但新野堂的真實模樣，終究是一群遭社會唾棄之人溫存的地方，包含她自己在內，刻意躲避已是林夫人的事實，假裝自己還是李綉治。

等太陽爬到窗框之上，江子送綉治到一樓。

「好好收著吧，妳的日子還很長，」江子將筆記本收進綉治的布袋，「寫的人沒辦法決定看的人，看見什麼、沒看見什麼，但寫的人可以決定要不要繼續。」

街道的雪融了，路面亮得像鏡子，江子姐的擁抱卻格外溫暖，綉治的臉也發燙。江子的話似永別，她依舊藏在那副眼鏡背後，身軀緊緊地裹在和服內，世界上沒有人可以輕易地打開。

邁開腳步，濕冷的裙襬貼緊她的小腿，她更加用力跨開步伐，口鼻呼出的白煙竄至上空，向身後飄揚。她不想花費時間回望書店，逼自己緊盯前方的路，她要比正午還早抵達車站。

綉治湧進神保町車站的人潮，遠處就看見信宏壓低帽子站立在柱子旁，緊盯車站的時鐘。終於信宏也在人群中看見了綉治，他向前越過人群，牽住她的手。一路上，兩人手一直連繫著回到了橫濱的家，走上樓梯到二樓，兩人各自進入自己的房間。綉治聽見信宏房間的門鎖，清脆的聲響。

燃煙的一生

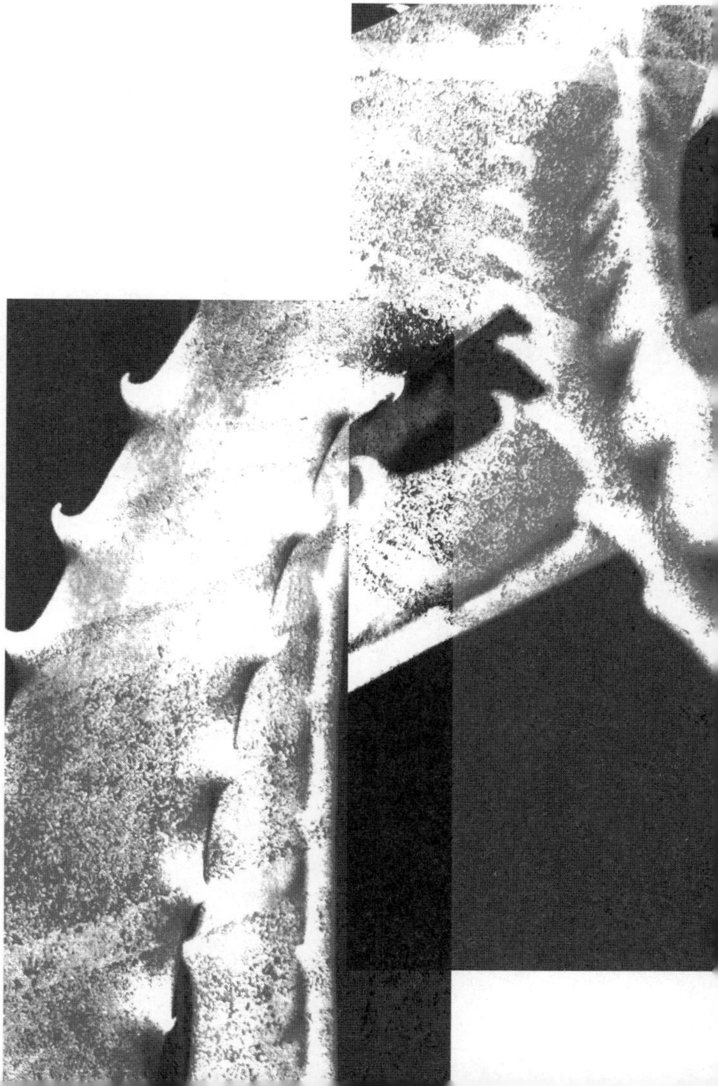

砰——！

外頭還是剛亮的靛藍天色，水兵分隊寢室的門已被撞開。

房內的水兵身體僵住，停止擦拭床鋪的動作，短褲無法隱藏發抖的雙腳。田中教班長推開圍在床邊的水兵，潔白的被單有一圈手指頭寬度的小洞，周圍有焦痕。他一腳踩上去。

「混蛋東西！居然敢在就寢時間偷抽煙！」

田中教班長連踩多下，被單留下方向不同的鞋印，蓋過有個焦痕的小洞。

水兵們將眼神投向門邊的良文。

良文的手心冒汗，手中的改心棒傳來沉穩的重量。

他刻意別開眼神。畢竟真的做錯事的是他們，田中教班長沒有說錯。

「拿來給我！」

所有的水兵都曉得接下來該做什麼，一行人認命地背向良文，手扶在床緣，抬高屁股。改心棒上面的黑字「皇國海軍精神注入棒」字跡有些掉落，每多打一副皮肉，墨跡就抹掉更多。少尉邊打邊問會不會痛，水兵們咬牙擠出「不會痛」的字句。

精神就從他們的口中擠出，遠離血肉的痛感，混淆人對痛苦的定義。

為了一張有煙燒痕的被單，他們錯失了早晨訓練及早餐時間，環境清潔居然比實務訓練還重要。

全班的兵員都曉得，只有良文不用領受皇國海軍精神，能夠在田中教班長的辦公室吃完早餐。

良文坐在疊滿資料文件的桌前，小心不讓飯菜的油滴沾到紙張。從教班長辦公室望出去，可以看見分隊長正站在司令台嘶吼訓話，底下的士兵都是一顆顆的圓頭，望上去倒也很像千人針。他故意放慢咀嚼米飯的速度，最好能夠咀嚼到訓話時間結束，田中教班長利用他做了許多內務，反過來他也要利用這點成為特權。

他拉開田中教班長抽屜，酒精味立刻衝出來，拿出一只精緻銀鐵煙盒，打開抽出一根香煙，他點燃，放在煙灰缸邊，看著煙霧升起，點燃的煙慢慢耗盡自己的壽命。

他計算過，一根煙的壽命有三分鐘。

在真的踏上戰土之前，入伍與未入伍的差別只有自不自由的差別。那天在嘉義車站送別，他們就像其他出征家庭般，有家人高舉旗幟歡送準備入伍的男人，唯有母親，布條旗幟都沒拿，毫無裝飾的頭髮在烈陽下有幾根銀絲反光。母親捧著他的臉，手心的溫度緊緊印在他的雙頰。

冰涼的東西掠過脖子，母親將十字架項鍊掛在他的頸項，感覺不到重量。在他有記憶以來，十字架一直放在母親的首飾盒內，隨母親少女的記憶沉睡在裡面。他不認為母親真的相信基督，母親只是希望有個超越帝國的信仰能讓她依靠，遠離神道、佛祖，僅剩還沒沾染戰爭氣味的十字架。

不要去當英雄，性命最要緊，聽清楚了嗎？

不對，母親應該要說，要逃跑，逃開任何能當英雄的機會。

但那時他也不明白真相，還自以為很英雄地揚起笑容。「母親，放心吧，我一定會回北港的。」

他覺得在那樣的場合，自己非得說那種話來回報母親對他的愧歉。

然而入伍之後，一切都變了。他居然不恨堂哥了。

原以為他後半輩子注定要憎恨堂哥，從以前，伴隨在父親身邊的總是堂哥，一副標準接班人的模樣，跟隨父親在高雄及神戶的碼頭穿梭。過去他說服自己，父親是體諒他及妹妹，不要被家族的事業束縛，壓抑心中嫉妒的怒火。

出身在李家，所有的命運都已定下，他注定得到少數人能擁有的機會，他一路進入高等學校、台北帝大，祖母每日給他用不完的零用錢，目的就是讓他隨時成為堂哥的替代品。

他接受了，所以他拒絕考幹部候補生。進入軍隊是他擺脫家族的唯一機會，最糟不過就是提早面對死亡。

三封在新町遊廓完成的遺書在入伍前一天寄出去，分別給小久美子、妹妹以及修之，這樣他就不會收到回信。但是每當人踩踏走廊木地板的聲音，還是讓他忍不住回頭，閃過修之收到信的面容。回頭，馬上看見那溫煦的笑容，像夜裡橘暖的燈火。

——皇國興廢在此一戰，各員一層奮勵努力！

底下的士兵發出有力的聲音回應分隊長的精神喊完，接著人群立刻散開，一顆顆的圓頭各自到教室準備上課。良文熄滅煙，吃下最後一口飯，將餐盤收拾拿到伙房放置，趕緊跟上腳步到教室。

拉開教室門，同班的水兵再次看向他，但是嘴角上揚一邊，多了別的意味。

一早的砲術課，一名少尉負責教這門課，集結不同班的水兵在大教室。黑板上，不同的計算公式在少尉的口沫間飛舞，良文對那些公式熟悉到反胃，全部都是他每日為教班長計算整理的資料。看其他人強忍睡意，努力撐開眼皮的樣子，讓良文想起在中學時代的情景。自從上了高等學校及大學，學生再也不需要在課堂做出違背意願的決定，大人理所當然地容忍他們。現在換他容忍那些大人。

戰爭讓所有的事情倒退轉。

……這種情況下，該採變距還是測距射法？該用命中主義還是侷限主義分析？再厲害的時計、率盤，一定都會有誤差，因為武器終究是從人的手做出來的東西。同理，敵國武器也是同樣的情況，重點是，各位皇國士兵們，你們要怎麼修正讓錯誤降低到最低，怎麼樣才能從漏打十艘艦降低成只漏打一艘艦……

少尉的聲音在大教室內迴盪、堆疊，平時軍官們口中念的都是皇國海軍武器集結德軍最新科技、皇國海軍士兵擁有最傑出的訓練、皇國士兵大和魂絕不輕易消亡……。軍隊內不允許有戰敗的聲音，這裡的人，要不聽見勝利的歡慶，要不就是澎湃的玉碎聲。

修正後的誤差值，等值多少靈魂呢？

良文的手不自覺隔衣服摸十字架的輪廓，他已養成無聊時摸項鍊的習慣。入海兵團，頭髮剃光、衣物都得用軍隊提供的，僅剩項鍊是他與過去的唯一連結。在兵團內只有重複的生活，晨練、上課、自習，每日都比昨日更接近戰火。他下課後就到教班長的辦公室報到，利用零碎的時間分類文件，反覆動嘴唇背誦飛砲的公式，像是有人在耳邊絮語。是修之嗎？

午飯時間，班上的水兵堵住良文前往餐廳的去路。

一群年紀差不多，同樣理光頭的男孩們，打在一起的時候，很難辨認誰是誰。鼻梁挨揍時，良文嘗到類似臭雞蛋加鐵鏽的味道，鼻子一陣濕涼。

——該死的報馬仔！

——哪需要我去告密，自己太笨被發現。

良文故意用國語譏笑他們。他們發狠勁踹他。

——拍馬屁的傢伙，老母做嫖給日本兵仔姦！

良文大笑。

——這裡所有人都聲稱自己是皇民之子，我們所有的老母不都給天皇姦……

話還沒說完，另一拳直接朝良文眼窩襲來，視覺及聽覺變得像是有個黑洞，連意識都暫時不見了。他趴在地上，繼續接受他們的打罵，不打算反擊。他面朝下，其實在笑，以前欺負他的人是日本人，在軍中毆打他的人居然是本島人。

「又受傷了？」

「嗯。」

囑託醫無表情地幫忙包紮，沒有細問他受傷的原因。

「完成了，這邊請簽名，這邊要註明，二等兵，李君。」

「這樣就好了嗎？我不需要躺一下嗎？」

囑託醫抬起眉毛，「等一下是教室內上課，不用操練吧？」

「可是我覺得頭有點昏，可能摔得腦震盪了，為了晚上還得整理分隊資料，我真的很需要讓腦袋恢復精神。」

囑託醫嘆氣，「只能到三點。」並吩咐衛生兵拿病患的特別食物過來。菜色少了炸過的鯧魚，用水煮雞蛋代替主菜，雖然吃不到美味的魚，卻可以避免上無聊軍事理論課，良文懷疑那些知識可以在戰場上保住性命，他不甘願接受那些理論成為國家的工具。

他躺在床上假裝睡著，偷聽旁邊整理藥櫃的衛生兵之間的對話，聽兩人的語氣，似乎比大學生的年紀小，他們興奮地討論派遣的事。

「再幾天就要召集分隊出發了，是不是？好想出去看看啊。」

「最好不要到南方，那裡的痢疾一定很嚴重。」

「那不就剩支那？好難想像全部都是陸地的地方啊。」

「別想了，還是乖乖待在這裡吧，大家都說海南島生不如死。」

良文遵守約定，三點準時離開醫務室去上課，他知道同班的水兵都在注意他，而他故意不迴避他們的眼神，他希望讓他們看見他眼中的怒火，從填完志願書到現在持續延燒，每日折騰他。

這個地方沒有修之能澆熄他心中的火。

傍晚的軍營，停泊的巨大軍艦背對夕陽，形成巨大的陰影，像是海中尚未甦醒的巨獸，他們這群士兵是訓練駕駛它的工具。

吃完晚餐，士兵不分班級兵種聚集在廣場，聊天放鬆，甚至像公學校男生拿木刀比畫，經過的軍官會停下來觀賞，笑罵輸的人動作不確實，到時候在英米畜面前豈不鬧笑話，要脅把人丟進浪裡。

良文一個人蹲在寢室外牆邊，他手上叼著點燃的煙，但他沒有抽。

「李君，你的臉是怎麼了啊？」

小林清太蹲到他身旁，清太的樣子跟中學時代一樣，一張圓臉沒有變過，只是多了一副圓眼鏡，使得他的眼睛看起來變小，像是大月餅上的兩粒芝麻。

良文拿一根煙給他，替他點火。「跌倒弄的。」

清太是良文在兵團內唯一認識的熟人，他們在同一間中學校讀書，卒業時清太還叫做「林澤生」，後來念台南高工，之後兩人便沒聯絡，沒想到會在兵團相遇。

「不覺得人們都很愚蠢嗎？」

「是指人性的缺陷嗎？」清太吐了一口煙，良文不小心吸進去，他咳嗽起來。

「我還以為你們這群台北派的都煙酒不離手，哈哈。」
「這原本是在教班長抽屜。」
「難怪味道比較純呢。」清太端詳煙草，「那傢伙還不放過你？」
「憑什麼要讓他放過我呢，互相利用嘛。」
「才怪咧，我幫我們教班長修理一整個倉庫的自行車，現在還要求我修好一台沒救的收音機，我又不是神明。」
「哈，這裡的工作挺適合你的啊，以前老師都罵你只會畫汽車，居然不會畫人臉。」
清太仰望天空，「的確，我是愚笨的人，不像你跟修之那麼聰明。」他推了一下眼鏡，「我想，我滿適合做這個工作。」
「可是，這裡的機械創造是為殺人用的。」
「嗯，我知道，我也很尊敬對方創造的機械，但是可以的話，我想要活久一點，家鄉還有人在等我呢。」
「你這小子，有女人了？」
「還有男人。」良文開玩笑地打清太的頭。「真的啦，是我還未出生的兒子。」
離開清太後，良文掛著笑容前往教班長辦公室。他在內心替清太感到感傷。那樣的人，是值得活下來的人才對啊。

死了無所謂的人到處都是。同班的水兵、田中教班長、砲術課的少尉、分隊長、家鄉的庄長……

他一邊清點倉庫彈藥的數量，一邊清算腦中的人名。站在走廊聊天的田中教班長一看到良文出現，立刻跑到不知哪裡，肯定是跑到軍營外。

清點完，已經過晚上九點。他正要將資料放到教班長桌上，有一本寫滿班上人名的清冊吸引他的目光。

是全員派遣地的清冊。他馬上翻到自己名字的地方：

李良文，橫須賀海軍航海學校。

他的心沉下去。

環顧周遭，深夜，整棟的辦公室唯有良文這一間還亮著。他從田中教班長的抽屜拿出火柴，關上燈。

走到黑暗的走廊，木地板發出咿呀的聲音。劃開火柴，就著渺弱的火光勉強辨識牌子的字：機關兵分隊、主計兵分隊、整備兵分隊……他停下來，手放到門把上，轉動門把。

門開了，沒上鎖像是某人留下的惡作劇。

憑火柴的光芒，他焦急地尋找清太的名字。

繫在碼頭的船隻任由海浪擺布，舊浪將船推向岸後，新的浪馬上遞補。夜晚的軍港，遠方的海是無止境的黑暗。

天還未亮，良文就守在清太的寢室外。

「這樣啊。」

清太轉身要離開。

「你那什麼反應。你被分配到第十一航空隊。」清太依舊沒反應，良文壓低聲。

「基地在昭南島……」

清太用力甩開良文的手，不小心打到經過的兵員。

清太背對良文。

「告訴我這些又有什麼用。」

「我有辦法。你不要跟任何人說，等我消息。」

良文大步奔跑，廣場的泥土在身後揚起，脖子間的十字架劇烈晃動，一躍，敲打門牙時發出吭的聲音。身後的操練場，傳來兵員齊一發射的叫喊聲：

對真心是否有違背——

對言行是否有羞恥——

對氣力是否有不足——

對努力是否有憾缺……

空蕩的辦公室將聲音壓縮得比心跳聲還細小。田中教班長背對發光的窗戶，臉埋在漆黑之中。

「田中教班長！」

良文一手倚靠門框大口喘氣。

田中教班長原本半仰躺在座椅，立刻坐直身體，懷中酒瓶內的液體撥灑在他的領口。

「這是不可能的。」

聽完良文快斷氣的請求，田中教班長給出如子彈不容反悔的答覆，歪嘴笑啣著一根香煙，臉頰還帶有酒意的紅暈。酒精與煙草夾雜的味道令良文反胃。

「對整個隊來說不會有損失的，而且，小林清太對軍隊來說更有價值，他是工專高等生——」

田中教班長打斷良文，「軍令就跟石頭一樣堅硬，不可能擅自修改。」

「分派的人就是你們，不過是把名字對調而已。」

「不行，整備分隊我管不著。」

「你確定我算的那些資料都是正確的嗎？」

田中教班長的眼睛由濁黃變得通紅。「你是開玩笑的吧，二等兵李良文。」

站立的良文拿起教班長的酒，仰頭灌入一口。「我絕對沒有在開玩笑。只要達成我的要求，我一定會在離開前把錯誤的資料修正回來。」

田中教班長朝良文丟剩餘的煙屁股。

「沒遇過這麼想送死的人。」

分隊長公布派遣名單時，每個人的反應都不太相同，有的人羨慕能出海的人，有的人寧願待在台灣，一座散落在太平洋的幸運小島。

公布結果，李良文，上等水兵，第三十二特別根據地隊，派遣比島。

從一個戰場轉移到更激烈的戰場，良文笑了。

聰明人死得比笨蛋還快，同班的水兵譏笑他。

良文故意笑得比他們還用力。他們發現得不到嘲諷回話也就放過他了。

向海前行，願為水中浮屍。
向山前行，願為草間腐屍。
願死在天皇身邊，義無反顧。

出行的船鳴聲灌入耳內，士兵讓聲音貫穿身體，維持僵直的行禮姿勢，唯有心臟不受控制地跳動。

田中教班長成全良文的要求，清太確定派遣到橫須賀海軍航海學校。良文要搭乘的船艦比去內地的船艦早抵達高雄，臨別前清太握緊他的手，緊得手發死白。「混蛋，愛當英雄的傢伙，要活著回來。」圓眼鏡後的細眼溢滿淚水，即便良文沒說派遣的地方是內地還是南方。

「我一定會回北港的。」這次良文是真心的。

在船上的日子，良文覺得視線總是上下飄忽，每當胃一陣翻騰，他馬上衝到甲板，半截身體掛在船身外，嘔吐物洩入大海，被不段翻起的白色浪花隱沒，消失不見，脖子繫的冰涼的十字架項鍊劇烈擺盪。

願為水中浮屍，是否就是這個意思。

船艦行駛經過馬里亞納海，良文一行人在船艦中，漂浮海上。遠方的塞班島正有一群穿著帝國軍服的人，身首躺在草叢中，還未腐爛。塞班島玉碎的消息，待軍隊抵達民答那峨島的時候，良文才得知。

他寫了兩封信。「死神在海上越過我。十字架還掛在我脖子上，或許這就是為什麼死神唾棄我吧。」他在給母親的信上如此寫。

另一封信他寫給修之：

死亡的距離近得令人麻痹。要是你能親眼看見軍隊的真實樣貌，便會覺得世界是個大謊言。

上次寄送給你的遺言，內容我已忘得差不多了，或許是因為那並非出自真心的覺悟，我只是在跟家裡賭氣，逼自己在軍隊裡找到新的人生解答。

幸德秋水的那句話：「入獄前我是一個社會主義者，出獄後我是個無政府主義者」，而我們就站在戰爭面前，身穿帝國軍服，手拿殺人的武器。我們都已遠離自我，我再也無法成為你熟悉的李良文，請原諒我非得改變。

昭和二十年十月十六日，李良文筆

接下來幾日傳來米軍侵入雷伊泰島的消息，敵軍正一點一滴逼近他們。大家忙尋找戰歿名單上同期士兵的姓名。玉碎聽多了，厭煩感勝過麻痺，死亡一直在身邊兜轉，就像是當地人投來的眼神，令人覺得不安又厭煩，但是良文想起自己才是侵入者，立刻臉紅地低下頭，他有什麼資格能夠有這種反應。

良文拿出最後一根教班長的香煙，給盯看他許久的當地男人。男人接過煙，塞入嘴邊，對良文咧嘴笑，露出泛黃的牙齒。

在死亡真正到達之前，不同地方的死訊紛紛到來，包含護國丸沉船的消息，良文聽見收音機念出「小林清太」。機關兵，小林清太，台灣台南州。

不要當英雄，不要當英雄，他在異地的城鎮一邊奔跑一邊大喊，跳動的十字架打在鎖骨間，像是欲穿越身體的子彈，不斷提醒他：

不要當英雄。

死亡正式登上民答那峨島的那天，良文一點也不想嘗試反抗，大家忙著將手中的彈藥射往敵人，良文選擇保留自己僅有的彈藥，不跟死亡硬對幹。他猜對了，死神並非化身成米軍的樣貌，而是躲藏在濃綠的雨林。林葉遮蓋外界的陽光，良文一行人像是進入另一個星球，榕屬大樹的氣根在林地竄行，士兵看不見周邊的其他生物，只感受得到身上的疾病及飢餓。他們被迫滯留在比地球還要落後、殘暴的社會。

人類先吃地上爬行的生物，再來是不會爬行的無生命體，直到無物可食，爬行的生物反吞噬人體化為腐土的爛肉。

終於有人選擇將手中的槍枝對準生者，為了活下去，決定食取對方跟自己身上同樣染病的血肉。

槍管頂著良文的後腦勺。

在扳機真的扣下的瞬間，他閉上眼，看見點燃的香煙，槍響之前，緩慢燃燒自我。

櫻瓣的一生

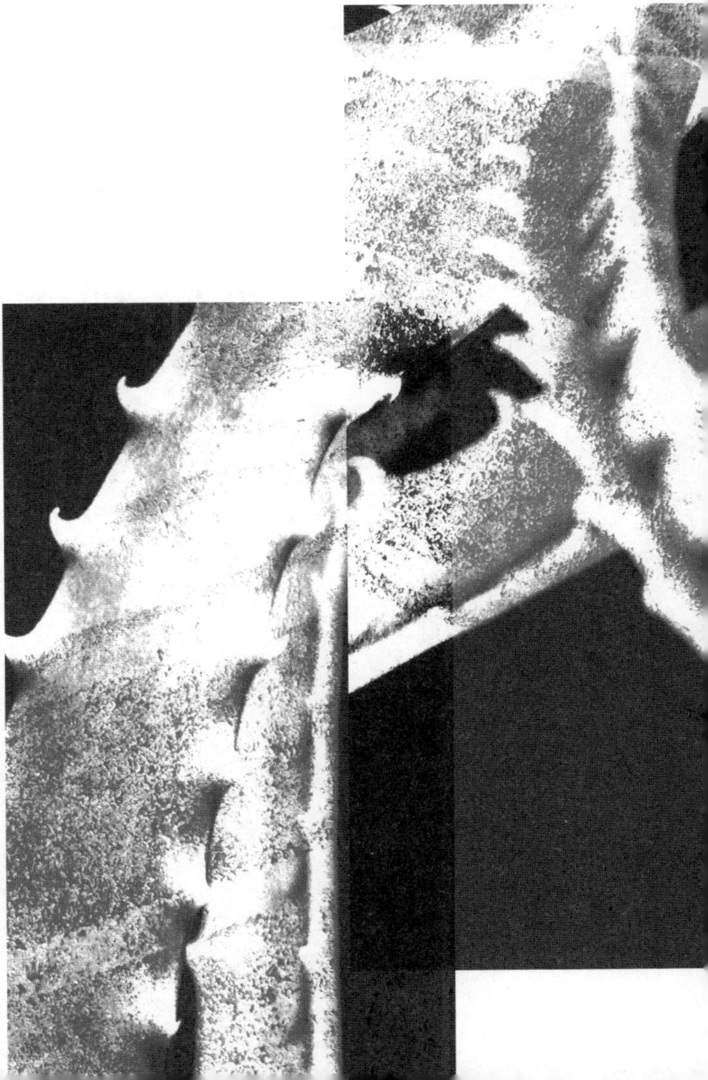

公園內走在櫻樹底下的女孩，敞開笑顏迎接落下的櫻花瓣，穿著國防服的女孩跑起來比和服還自由，在鋪滿櫻花瓣的園土拖曳出遊玩的軌跡。

待女孩們遠去，綉治一個人站到櫻樹下，瞇眼仰頭感受櫻花瓣自臉頰滑落的重量。隔天再經過，掛在枝條的櫻花已所剩不多，園土卻還是扎滿粉紅的花瓣。

碼頭又送走一批學員，回到故鄉，換上軍服。

家中信宏及一群台灣留學生聚集在客廳，啜飲沖淡的熱茶水，細數被徵召到戰場的同袍有哪些人。

我們有機會贏吧？

忍到勝利那天，一切就會好轉吧？

勝利會讓我們相信的理念成真嗎？有人問，沒有人回答。

綉治心中對勝利沒有任何理由。即使勝利了，她也無法回頭跟哥哥們一起生活。

前幾日惠枝來家裡打掃，一邊的耳朵很明顯地挨向收音機，只差腳沒走過去。收音機播報的戰線新聞，說到第十二軍已展開老河口作戰計畫，精銳的步兵、騎兵、戰車為守護皇國而戰，咬緊的牙根洩出一絲笑意。綉治走到收音機旁，關上。惠枝瞥她一眼，繼續埋頭擦拭物品。

到了信宏房門前，惠枝嘗試打開門，發現門鎖著進不去。

繡治不理會她，走回房內，拿出家族透過商會捎來的信息。母親在信上寫良文已經出發到派遣地比島，文字簡短扼要，看不出情緒，更多的疑問湧上，哥哥什麼時候去的、還有誰去、在去之前做了什麼……還有，為什麼是哥哥？問題重疊綿延出更多的問題，反倒不像是重要的問題，她不曉得回信該寫什麼。

父親派人送來一盒木箱，裡面有各種罐頭、乾貨、好幾袋的米，還有繡治小時候愛吃的零嘴。物品堆夾著一封信，繡治打開信，父親的字跡躍出北港的時光，好像是高女還沒卒業的日子，她在書桌就著燭光倒數父親回家的日期。父親在信中要繡治盡量待在家中，不要隨便坐車遠行，缺任何物資就趕緊寫信回報商會。

她吸口氣，重新提筆，回報她在橫濱一切安好，期待有天能回到台灣團圓。戰事期間，有哪個家庭能正常過年過節呢？她暗笑。

惠枝頭探入繡治房內，「夫人，房子我整理得差不多了，剩下先生的房間。」

繡治沒看惠枝，繼續低頭寫信。「這樣就行了，謝謝，先坐一下等先生回來。」

「有沒有其他需要為夫人做的呢？要不要幫忙領配給？」

「這樣就行了，謝謝。」

「需要陪夫人去鄰組活動嗎？」

綉治起身，走出房間，在惠枝面前關上門，走下樓梯。惠枝駝背地跟在後頭。「夫人怎麼都沒有去鄰組呢，那裡會傳授很多知識。」「夫人，有沒有看過最近的傳閱板了，介紹好多種燒夷彈。」「夫人，最近報紙在提倡吃蝗蟲粉呢。」……

綉治發現惠枝喜歡藉口找晚飯的食材來窺看房子內的東西，像是配給難取得的台灣食品、衣物，好幾次綉治覺得惠枝的嘴忍不住正要開口，又將嘴邊的話硬生吞回去，但是一雙眼睛骨溜直盯著綉治的腦勺，像是不斷爬向糖罐的螞蟻，清除掉蟻群後，過不了多久牠們又會出現，生物的嗅覺精準鎖定糖的香氣。

「她不過就是個可憐人，這個時局下還能多可惡。」信宏聽綉治說惠枝常徘徊在他房間外，聳肩淡淡地回答。

綉治不相信惠枝的舉止出自純然的生存本能。

卒業的校門打開，走出來的醫科卒業生們，未來遍布在東亞的戰地醫院，不少台灣的醫科卒業生準備到南方當軍醫，春發及信宏是少數還未卒業的人，充當餞別愛國青年的角色。他們在內地沒有家人，有的只有彼此，也許是認識不夠多女人替他們縫千人針，或是他們真的打從骨子裡不屑迷信的謠言，又或者待他們抵達基隆後，會有別的女人為他們流淚，奉上祝福。

祝福學長及大嫂幸福，他們像小學生伸直手臂揮手，年紀明明比信宏還年長，但他們全都稱呼他學長。因為結了婚就算男人，他們笑得帽子都掉下來。

信宏緊握他們的手，祝武運長久的話他們說不出口。

他們站在碼頭，仰望海上巨大的獸捲起浪花離去，走入只有海的虛無，在汪洋底下的火藥炸開之前誰也無法知曉危機的接近。

「咦，櫻花都掉光了啊。」

回去的路上，春發停下腳步直愣公園裡的櫻樹。

「苦楝開花至少還有綠葉呀。」

苦楝花的樣子綉治已經印象模糊，來到內地還不到一年，卻覺得自己停留了好幾年，身體每天被橫濱碼頭的海風穿透，滿身世界動盪的氣味。

他們被光禿的櫻樹招喚走進公園，翻過小山丘，前方就是外國人村區，綉治踮起腳想看看莫羅家的宅邸，但是層層的樹林遮蔽了視線。信宏說莫羅家已經離開日本了，戰況太混亂，回佛蘭西還是比較好。

那段期間，綉治只曉得他們來自佛蘭西，卻不知道他們是佛蘭西的哪裡人。她想知道長大的瑪麗・莫羅，安然地長在沒有戰事的地方，會長成怎樣的女孩，她記憶中的橫濱會是什麼模樣。

綉治的北港與台南，仍是充盈富饒的田地及迷人的音樂的地方，跳動新時代的氣息。南島對於世界的想像是一條筆直的未來，沒嘗過火海跟煙硝的滋味。高女時期，老師帶著大家到軍人訓練營做奉仕，比他們年紀稍長的男孩，炫耀地寫上「七生報國」，跟母親要針刺破手指，在自願書上染上太陽血印。

女孩們投以光榮的眼神，不少同學贈送禮物給男孩子們，祝他們武運長久，激發男人天生具有的熱血，他們解讀那叫做士氣。

旁邊的同學問綉治送什麼給軍人。

綉治瞇起眼，在同學耳邊說：他想要什麼，我就給他什麼，妳猜猜看啊。

她忘不了同學的臉色刷地蒼白，小罪惡感充盈的快感。

現在她理應是站在世界的中心，可是卻更看不懂世界的全貌，北港跟台南真的是富饒的地方嗎？將性命奉獻給天皇的男孩子到了戰場還擁有士氣嗎？她漸漸不敢打開收音機。她害怕聽見任何腦中曾經熟悉的人事物。

修之的骨架撐不起遭到轟炸的世界，他是太過美好的生物，所以不可能在殘酷的戰場上存活下來。

隔天綉治收到哥哥寄來的信，日期寫著昭和十八年九月二十三日，推算日期應該哥哥入伍前寫的，離現在已經半年，信的標題雖然寫著「遺言」，內容卻像是喝醉酒的亂語還有女人的口紅唇印。

妳說對了一半，下一個真的輪到我，不過不是結婚。搞不好入軍隊比結婚還幸運呢，看珈琲廳的那些女人，每張美豔的臉蛋都是假面具，底下藏有可怕的生物。

阿綉，妳跟她們不一樣。林信宏學弟要是敢欺負妳，我一定會修理他。

紙張邊緣被綉治抓得起皺，她想回信咒罵哥哥，但哥哥居然能夠輕鬆逃過，漂泊在汪洋中的某艘船或是島嶼。對大家族而言，二子的兒女都是有用的棋子。

「夫人，還有什麼吩咐嗎？任何事都可以。」

綉治才忽然發覺背後早有股熱氣，回頭就看到伸長著脖子的惠枝。

信宏要求惠枝來家裡打掃的次數愈來愈少，使得惠枝更常在小事上爭取表現的機會，像是故意找衣服鬆脫的鈕釦來縫補，在櫃子裡若發現過期的食物，她會拿到綉治面前問怎麼處理，要是綉治說不想留著，惠枝眼睛會變得閃爍。

「拿去扔了吧。過期的食物吃了可是會生病的，要是生病就不好了，對吧。」

綉治希望惠枝有聽懂她的意思。

每當工作做完，惠枝就會到房間門邊，問綉治可不可以聽收音機。
「我不想聽到戰爭的消息。」
「哈哈，夫人，收音機會播報其他有趣的事情啊。」惠枝笑的時候，背拱得更厲害。
「妳是不是想聽兒子軍隊的消息？」
「我哪裡聽得出來，我只知道他人在支那，至於他分到哪一部隊我也搞不清楚，能打贏最重要。」
說完，惠枝停下打掃的動作，癡望著窗外人車來往的街景。
綉治想繼續探問惠枝家裡的配給是否足夠、有沒有遇到困難。
惠枝張開嘴。
夫人願意成為花七日嗎。
「什麼？」
每個女人都是一朵花，女人生孩子，生到不能生為止，下一個輪到女兒生，接著是下一個，像是每年的櫻樹花開花落，這就是大自然的循環吧。惠枝露齒笑，女人也是國家富強的關鍵，要從事有用的生產行為。
這些話從惠枝口中說出，時間好像瞬間蒸空了，直到信宏開門，惠枝再次成為拱背，像是怕被栽贓的小偷。她闔起嘴巴，起身迎接信宏。林先生，歡迎回來，笑容填滿有稜角的雙頰。

櫻樹的枝條開始冒綠芽，尖小的葉鱗蜷縮在芽苞點內，等待迸發的時機。他們錯過了更多的節日，紀元節、清明節、端午節、盂蘭盆、重陽節，時間的軌跡拖得更沉重、緩慢。考試排程仍持續進行，綉治報考了早稻田大學文學部的選科生。面試的教授細讀她的履歷，許久沒說話，其中一位像是在對自己說話：最近才收了四名女學生啊。

許久，教室只有紙張翻頁的聲音。

結婚了嗎？他們終於問了第一個問題。

是的。

聽到綉治的回答，他們相覷，眉頭深鎖。

既然如此，林女士，您怎麼會有時間來上課呢？

這是我們夫妻共同的決定。

其中有一名教授起身，桌子的名牌寫著坪內教授。「貴夫婦應該說是難能可見的組合，選科生比正科生更有彈性的時間，相信貴夫婦做了非常明智的選擇，對學校來說也不至於少那麼多學生，對吧？」

其他教授相看，勉強地笑了。

通知單寄來，她正式以林李綉治的身分確定入學。自己在外人眼中就是信宏的妻子，這是她最方便的身分，一名新婚的婦人，嫁給開明的男人，一幅外界便於想像的女子身影墮落地照映在她身上。但是身分不可能沒有代價要付出，倘若未來信宏對她有任何索求，她會甘願承受嗎？綉治質問自己。

信宏知道綉治錄取後，只微笑一會，接著陷進他自己的沉默。他拄著頭，告訴她內地與台灣愈來愈難保持聯繫，物資可能隨時都會被切斷，要做好心理準備。

「下次惠枝來的時候，告訴她以後不需要來了。」信宏從口袋掏出錢及餐券，「最後一次給她一點獎賞。」

綉治點頭，話哽在喉嚨說不出來。想起上次春天時惠枝不尋常地談論女人跟櫻花，綉治說服自己惠枝不過是擔心兒子在戰場的安全，想把希望寄託給國家的勝利。

信宏走後，她在客廳裡等惠枝，但是等到約定的時間，惠枝仍沒有出現。她起身晃悠到收音機旁邊，將手放在收音機轉盤，決定打開，雜亂的聲音自喇叭噴發，紛雜的訊號無法遮蓋她熟悉的詞彙。電台正播報神靖丸抵達高雄港的消息，她手撐在牆邊仔細捕捉播報員的每句話。簡短的新聞快速被其他戰地的消息掩蓋，綉治閉上眼回味以前在高雄港目送父親離開台灣的身影，她好想知道神戶是否一切安好，但是寄給父親的信件從未有回音。

有人用力地按門鈴，綉治從座位跳起來，趕緊幫惠枝開門。

惠枝一見到她，立刻握緊她的手，紅腫的雙眼看起來沒停過流淚。

——他們說我的兒子死了、死了，屍體呢？我摸不到他的屍體。

綉治扶惠枝進屋裡，給她倒水，喘口氣。惠枝的眼睛浮腫，睜得圓大，講話的時候兩頰的顴骨線條明顯。

惠枝伸出顫抖的雙手，骨頭的線條緊貼肌膚。「夫人，在我正式當母親的那天，手中抱著嬰孩，哪裡會想到有天我會失去所有的依靠。倘若是這樣，我寧願當時不要有孩子，不必經歷我現在正在經歷的痛苦。」

綉治拍她的背，「妳的女兒呢？」

惠枝維持彎腰的姿勢，背卻顫抖得更劇烈，一會綉治聽出來，她是在笑，同時在哭。

「聰明的女人，抓緊機會馬上就跑。我見不到親生骨肉的屍體，他們從我身體裡長出來，但是全部化作泥灰了，跑到哪裡去，我這個做母親的也搞不清楚。」

「今天妳就好好休息吧。」

「夫人，」惠枝喝口水，「我今天能不能請假，改天再來？」

綉治吸口氣，「先生已經決定了，今天是最後一天。」

惠枝眼睛瞪著綉治，眼白的血絲漸變粗壯，惠枝立刻跪在地上，巴住綉治的腳，「夫人，我沒做錯事情吧！求求您，讓我還有依靠吧！」她死命地求。綉治從沒見過有人會是這樣子的神情，她爬起來，想掙脫惠枝的手。

一陣衣服撕裂的聲音，惠枝扯掉了綉治的裙襬，她眼睛亮起來，要綉治趕緊脫下來，讓她好好縫補。

「我要報警了。」聲音像是用擠的擠出綉治喉嚨。

惠枝的動作停格，接著鬆手，移動關節的方式像是有人操作的人偶。

「妳確定先生房間內的東西可以讓警察看見嗎？」

惠枝的語氣聽起來非常認真。綉治愣住了，在她的印象裡，信宏房間內的東西從沒讓她或是惠枝看過。

「清國奴在做什麼，難道會看不懂嗎？你們在謀算反抗帝國的計畫，一群間諜，體內的髒血永遠也洗不乾淨！」

等惠枝說完，兩人才聽見大門扣上的聲音，信宏回到家了。

「妳們在聊什麼呢？」

信宏自若地脫去外套、鞋子，拿到惠枝面前。惠枝眼睛瞪得很大，機械式地接過信宏的衣服，扮演她平時女傭的角色。

信宏走到綉治身後，按住她的肩膀，要她一起坐下來。

「我好像聽到妳們在討論『清國』，是吧？唉，妳們怎麼沒跟上腳步呢？現在早就沒有『清國』了，要是被外面的人聽到不就要笑死了。」

惠枝迴避信宏的眼神，「先生，您的生活起居還是需要人照應啊，小的想繼續——」

信宏打斷惠枝的話，「我確實非常需要人手，最近戰事很緊迫，我們家族合作的商船也幫忙載運武器跟軍人到戰地，這些都是絕對的機密資料，我才格外叮嚀夫人要把房門鎖起來。山下太太，想必妳一定很了解社會的狀況吧，男人在外殺敵軍，女人在家負責……」

信宏無聲地講了一個詞，對綉治斜嘴笑。綉治想起兩人在珈琲店見面的情景。

「我，懷孕了。」綉治瞪著信宏吐出句子，「所以，我們要跟著疏散到鄉下，住在我娘家。」她掏出裝有薪水跟餐券的信封。

恭喜夫人。惠枝收下信封，脫下身上的白割烹。

「對不起弄壞了夫人的衣服，唉呀，可惜了純棉的衣料，現在很珍貴的呢。」綉治後退，告訴她別放心上。惠枝向信宏鞠躬，「我本來是在食堂工作，每天熬湯害得我手腕痛，是林先生推薦我來當女傭我才有著落，我心裡很感激，真的。」

打開門，她再度回頭。

「林先生，再見了。林夫人，務必養好身體。你們都是好心人，好心會有好報，願天皇保佑眾生，祈求勝利之日到來。萬歲，萬歲。」說完關上門，他們透過窗戶看惠枝走到街上，又是最初見面的樣子，一名背微駝，手腳俐落的婦人。

他們兩人坐在餐桌，盯著空蕩的桌面，這次沒有惠枝會替他們料理晚膳。桌子的邊緣有一行列的小黑點，細看是瘦小的螞蟻，正朝向廚房前進，率先聞到食物的先機。

信宏打開一罐酸梅，酸甜氣味往上衝，他拿出一顆梅子含在嘴裡。

「你真的是要我說，我懷孕了？」

「不全然，但反正目的達到了，不是嗎？」

「一點都不好，要是惠枝發現我們還沒搬家怎麼辦？」

「以後妳會忙著上課，不用擔心在橫濱閒晃被惠枝看見。」

綉治雙手抱胸，「以後我就曉得林先生不在家的時間都去哪裡閒晃了。」信宏給她一顆梅子。

「清國奴……我還是第一次被人這樣叫呢。」

信宏豎起食指，碾過螞蟻隊伍，從這端到另一端，一路劃過去，刺鼻的腥味冒出來。

「妳果真是大小姐，」信宏歪嘴笑，回應綉治怒視的眼神。「以前高校我們本島學生感受就很深了，那種深到骨子裡的歧視，反正聽聽就算了，別放心上，畢竟比起我們，她不過是個可憐人。」

「你從來都不講自己的事情。」

信宏吐出酸梅果核，「太了解一個人，反而很容易討厭對方，想離開對方。」

你希望我離開嗎？句子含在綉治的嘴裡。

信宏轉身走上樓梯，「早點睡吧，明天開始妳也要上課了，大學生。」

綉治坐在餐廳，聽他走入房間，門輕輕地關上。她嘆口氣，將裙襬撩起來，拿針線開始縫補。

看海

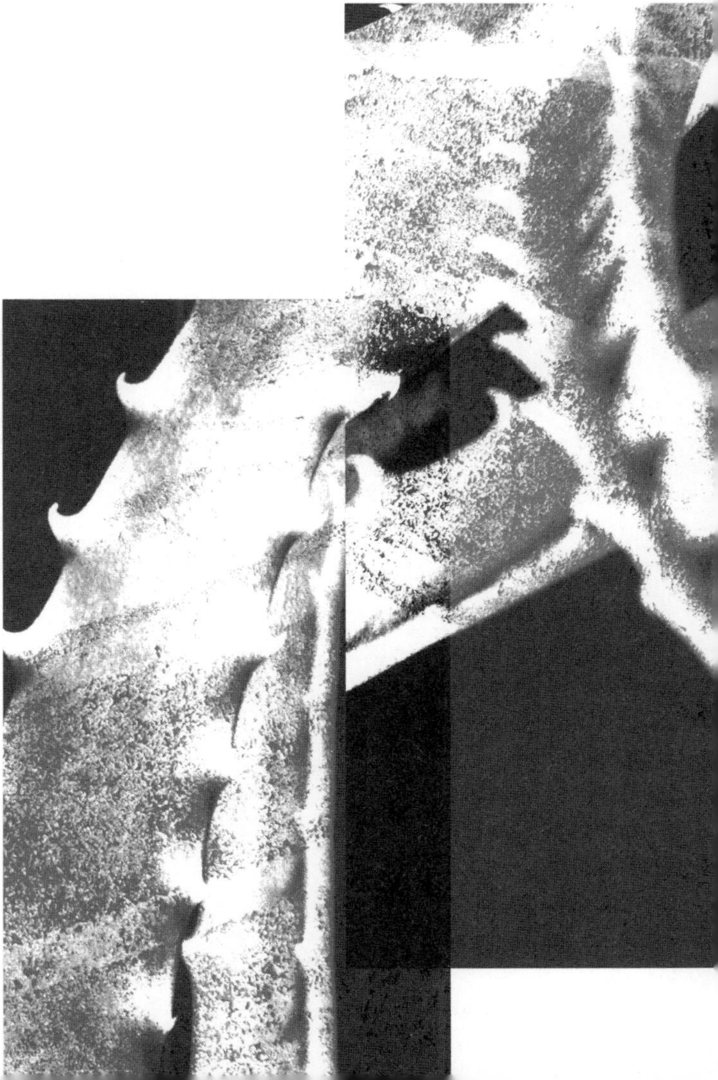

母親衣櫃內層疊的衣物幾乎都被蟲蛀得破洞，包含婦人會送的斜肩帶。美幸抽出泛黃的毛巾後，關上衣櫃。

她小心抬起母親的頭，擦拭堆積在腦勺的汗水，床單被母親的汗水浸濕，讓母親的身體顫抖不已，美幸需要不停替換新床單。她在母親的耳邊細語，一手撐起母親的背拉出被單，母親的臉正好對向窗戶。

母親喉嚨擠出的聲音含在嘴裡，美幸聽不出來內容，只讀得出來母親的表情充滿驚恐，好像窗外隨時有人要取她的性命，不分日夜，飄蕩在空中，等候著她的死期。

全家福的哥哥，還是掛在牆上笑看他們。

家裡的店鋪，巧妙躲過空襲轟炸，但生活用飢餓疾病侵蝕人們，周邊的人幾乎都搬去郊外，街道一片寧靜，防空警報聽起來格外刺耳。

美幸仍照常去銀行上班，飛漲的物價讓辦公室氣氛更加緊繃，響亮的打字機聲像是時鐘的轉輪，沒有停擺的一天。

時間同樣在鐘內的齒輪上喀噠地響。

午餐時間一到，美幸走到大正公園，四處張望希望見到的身影，中午的豔陽逼迫人們躲在樹蔭下，她站在陰影的邊緣，好讓自己容易被看見。

永勝拍拍她的肩膀，她轉身，驚訝他居然從另一個方向走過來。

山口永勝在銀行對街的會社當通譯，斯文的面貌，左眼蓋著眼罩，兩人第一次在珈琲店約會時，他第一句話先支吾地說，自己是「灣生」，說完喝一大口水。

美幸安慰他不必勉強如此叫自己。

永勝苦笑說，這是事實啊。

介紹兩人認識的科長不時問美幸進展，美幸壓低聲音隨便搪塞他。「山口君是有為的好青年，要好好把握，莊君。」美幸匆忙離開前，聽見科長像在對自己說：

……無論如何，幸好當時有從滿洲平安回來。

北方的勝利、大雪、滿洲國，美幸腦海的印象，全出自報紙上的內容，沒想到眼前有人親身經歷過這一切，換走一隻眼睛，以及更深的東西，外人看不見。

唯有講到永勝的故鄉，花蓮，笑容才真的浮現在他臉上。兩人走在台南公園，沿著燕潭散步，在警報頻繁的時期拾取難得的悠閒。美幸說她修業旅行的時候去過七星潭，永勝聽了很興奮，補充花蓮的其他景色，原本緊繃的臉漸鬆懈下來，說完，直盯美幸的臉蛋尋求認同的心情，但是美幸只是微笑等待他傾吐完。

「真希望有時間去看看阿里山、新高山，」永勝仰望公園裡的鳳凰木，「台灣的山岳也可以開出冷冽的櫻花，不覺得很奇妙嗎？」

永勝的覆蓋眼罩的眼睛，變成星辰的畫布。

美好的時光比花開的時間短暫，空襲警報提醒現實的處境，穿耳的警報，美幸心臟跳得劇烈，她跟父親合力背母親躲到防空洞裡，一路上母親不停地咳嗽，美幸擔心疾病會比燒夷彈早一步取母親性命。幾次警報響起時，美幸人不巧不在家附近，她恨不得衝出去，其他人阻止她。

妳出去，我們也會遭殃！

時間久了，美幸覺得母親的眼神，像是徘徊在細絲的水滴，隨時都要墜落。在這種時刻，婚姻有什麼意義，等女人真的嫁人了，她的命就是別人家的命，跟父母親沒有關係了。

自從雜貨店舖收起來後，父親不再抽煙，四處打零工賺錢，換取黑市流傳的藥包，消解母親的病痛。美幸勸父親帶著錢去郊外生活吧，好過在城市籠罩在想像下一次空襲的恐懼中，講到後來，她掩面說不曉得該怎麼做決定才好，嘴巴內的食糜都是淚水的鹹味。

父親將最後一塊肉夾到她碗裡，要她別再哭了，不值得為這種事情浪費鹽分。

美幸看著父親的背影，發覺那是她最熟悉的身影。

生活還是困在三人同住的疊板，母親躺在角落邊，籠罩在白色的蚊帳內，模樣令美幸想起《丹麥王子》的歐菲莉亞，她記得飾演的女同學躺在紙做的船，靜止不動，圍繞她轉圈的人，向她投入在校園內搜集來的桔梗花，代替劇本原本的紫羅蘭。
整齣故事只有歐菲莉亞停留在最純粹的時間點，不用再受世俗的紛擾，永遠是為愛犧牲的聖潔女子，那份衝突美幸仍感受得到。母親死了，可以成為歐菲莉亞嗎？哥哥已經死了，會成為什麼呢？
天破曉，新的一天即將開始，美幸為母親換上新的床單。

整座城市滑進破碎的廣播訊號。日本怎麼了？辦公室內大家小聲地討論。廣島都成那副模樣，下一個會是哪裡？
中午整，科長要大家留在辦公室安靜聽廣播。天皇的聲音出現了。
天皇的聲音，是這樣嗎？
聲音斷斷續續，不時有雜音，大家一動也不動，面孔皺在一起。等廣播結束，大家還是坐在原位，彷彿人們遺忘時間的軌跡。
美幸盯著桌面的日文文件，不曉得下一步在哪裡。
好久沒見到蔚藍的大海嘍，夏天就是要去看海啊，她聽見有人小聲地說。
自從看見報紙刊登東京空襲的照片，繁華的城市瞬間化成焦土，人世像墮入地獄，美幸想起綉治最後的身影，站在太陽下苦等、髮絲沾黏汗水貼額的樣子。美幸不自覺打顫。日本怎麼了？我們怎麼了？還活著的人是要選擇憤怒地舉起槍枝，還是先走向死亡逃避未知的恐懼，如同各地的玉碎消息。

到底奮戰是為了什麼。

台灣人不是日本人了，街上有人雀躍地喊。然而日本人還是日本人，得瘧疾的人仍舊是遊走在死亡邊緣的活人。

回到家，她對母親大喊，我們終於不必再躲避空襲了。

終戰的米街，終於像過往般響起喧鬧的人車聲，然而母親雙眼緊閉，宣告她不需再與疾病奮鬥。

美幸的哭聲劃破街道的祥和，顫抖的手拿新的床單輕柔地覆蓋在母親身上，留下女人肅靜的形體。

她跟父親再次來到莊家墓地，哥哥的墓碑多了彈痕，父親為母親插香，合十的手放在嘴上，緊閉緘默。

血脈的終點，同時是血源的起點，延展成眼前埋葬先祖的土丘。

「我決定了。」

美幸跟永勝坐在公園的長椅上。

「從小我就聽長輩說，血液跟土地有切不斷的關係。分離的兩座島是不可能結合在一起的。」

美幸忍不住伸手撫摸他的眼罩，許多話湧上來，反而卡在喉嚨。

「不，」永勝打斷她，「我想留在台灣。」永勝握住美幸的手。

當廣島傳出災情時，報紙用「新型炸彈」來命名武器，帶有科學進步意味的名稱，使一座城市瞬間化為平地。所有的事物冠上「新」後，好像就脫胎舊身分，有了更新的期待、想像。城內的紅太陽旗全撤換下來，放上新的旗子，斗大的字寫著：光復舊河，建設新台。

日本軍人及警察，此刻成為最尷尬的角色，四處躲藏在官廳機關，不敢外出。地痞趁亂四處劫財，但他們跳過美幸家的雜貨店舖，大概連他們都嗅出來這家的窮酸味吧，美幸苦笑。

美幸穿上洋裝，永勝穿上西米羅，跟父親一同到照相館拍相片，算是完成婚禮。照片中的父親雖面無表情，但手搭在美幸的肩上。

永勝回花蓮替美幸的父親買了一間有庭院的房舍，是向一戶準備遣返日本人家買的，永勝父母都期盼美幸趕緊搬過去住。

永勝說，他將婚姻屆交給吉野村的友人楊巡查，楊巡查收到的當下，拿印章的手懸在空中許久。

「楊君最後說：『我幫你們把日期提早吧。』」

「真應該好好感謝楊大人。」

兩人正式成為日本時期的夫妻。

科長收到美幸的辭呈，趕緊拉美幸到一旁，打開他藏在辦公室的吟釀酒，兩人偷偷乾杯慶祝。確定要留在台灣嗎？未來都很不確定呢。「但總比當戰敗國的國民好，對吧？哈哈哈，像我就沒辦法，不得不回家照顧父母。」科長為美幸斟滿酒，「新婚快樂！」科長喊完仰頭飲盡瓶內的酒。

美幸取下全家福，看著相片中哥哥的笑容，跟記憶中的一樣，另一旁的母親將跟哥哥停留在相同的時刻。她小心地包裹好，放入行李內，挽起父親的手出發。

船接近花蓮港，景貌跟記憶中的樣子差不多，空氣帶有原始難以馴服的氣味，難相信自修業旅行已過了三年，當時的女孩們還穿著高女制服，捲起裙襬走入清藍的海水，感受涼意拍打著肌膚，曬得通紅的臉不懂躲藏陽光。

美幸記得她突然想望向岸邊，看到坐在陰暗處的綉治，腿上攤著筆記本，凝視戲水的他們，躲在陰影下的臉蛋映襯藍色的陽傘，顯得格外冷靜。

戰後的海洋，變色了。

報紙上沉船的圖像，濃煙升天，人造的巨型機器不會說話，然而傷亡的人名像是蠕動的黑蟲在生死邊緣掙扎。好幾次美幸在夢中看見血色像雲霧包覆住海水，落水人有男有女，美幸不敢仔細看人臉，最後人頭讓海水浸潤成為一部分，隨著洋流回到台灣，溫柔拍打岸邊。

只有美幸站在岸邊，烈日下的海水冰涼。

撿拾漁網的漁人對美幸招手。

後山，放眼望去的綿延山巒，比都市更早回到時間裡，過著平凡的日子。播下種苗，吸取積蓄千年的養分，人們付出勞力，混雜汗水灌溉作物。回歸最原始的關係，他們的性命，仰賴這片土地。

村長報消息，政府拒絕吉野村日人的心願。日本已是異國，是戰敗的異人。村人散去後，安靜地用溪水洗淨雙手沾黏的泥土。

永勝的父母常邀請美幸的父親，晚上一同吃飯，但是父親總是笑笑地婉拒，說他白日忙農事，一到晚上就發睏想睡。

「面臨嫁女兒的父母，心裡最是煎熬。」永勝的母親拿便當盒裝米糠醬菜，交給美幸。「身為女兒唯一能做的，就是幫父母照顧好身體，這些醬菜可以消解暑氣，希望能幫忙莊先生緩解白日的疲憊。」

美幸聽過永勝說，他的父母在日本結婚後立刻離開神戶，來到台灣的後山展開新生活，從此幾乎沒跟彼端的親戚有聯繫。想必婆婆心裡時常思念自己的父母吧，美幸臆測。

「謝謝婆婆，有空也請教我如何製作醬菜。」

父親站在門口接過醬菜，搖手要她趕緊回屋裡，她只能透過門縫臆測父親的生活。父親刻意地切開與他們的生活，這讓美幸有更多的時間學會融入丈夫的家庭，白日永勝在外打聽留在台灣的辦法，夜晚等美幸料理完所有家務，終於是兩人的獨處時間。她有時有點害怕，擔心永勝緊緊擁抱她的身體之後，伴隨的探索及濕熱感，尤其是最後，永勝為了放入需將她的腿抬高且撐開下部，她緊閉眼睛，總在這時想起與綉治在高女教室對話的情景。

身為女人，由花朵轉為果實的過程，就是此刻。

人的誕生跟男女的歡愛，竟然是來自同一個部位，同一個姿勢，真是奇妙。宏亮的哭聲劃破緊張的氣氛，讓所有人感動不已。

要慶祝和平的日子，就叫和彥吧，永勝抱著母子倆說。

孩子誕生後，父親終於肯主動來家裡探望。美幸看著父親逗弄兒子，對他哼唱

〈紅蜻蜓〉，兒子的小手胡亂抓取父親的口鼻，父親笑得闔不攏嘴巴。美幸停下收拾行李的手，跟著節奏拍手，希望這首歌永遠不要結束。

永勝頭著地跪坐對美幸父親道歉。

美幸的父親將和彥交給美幸，對永勝頭著地回禮。

「內人生前最大的心願，就是讓兒女遠離莊家世代的束縛。請成全我這個頑固老人，讓我獨自一人留在這裡吧，今後小女還有勞山口家關照。」

美幸抱和彥到房間裡哺乳，孩子強勁的吸吮力刺痛部分的神經，她得克制自己移開的衝動。

夜裡，永勝拆掉眼罩，左眼的傷疤像巴在臉上的蜘蛛，看見總會心震一下。兒子睜著一雙大眼看著他，小手探索疤痕的觸感。「小彥，你即將看到真正的富士山嘍，開不開心啊。」

耕作的時節如常進行，收割的稻米堆在田間像小山丘，映襯背後的山峰。家裡的東西全數留給美幸的父親，包含那張全家福以及「國語の家」，美幸無法接受父親為何堅持隻身留在花蓮，非得目送女兒前往另一個國度，正式成為日本人。

「妳母親的安排就是如此，妳一定要履行母親的心願。」父親仍舊穿著和服，撿拾掉落到庭院裡比人臉還大的巴基魯，「這裡讓我想起以前的生活，台南變化太大了。」

父親陪他們一同到基隆港，人潮擁擠，情緒穿透耳膜鼓噪，分不清哭聲及笑聲。他們緊抓身邊的行李，走在漫長的隊伍內。美幸的父親陪在一旁，一邊抱小和彥一邊逗弄他的圓臉，再見、再見嘍。

船離美幸愈來愈近，到遞交船票的時候，父親將小和彥交給永勝的母親，慢慢向後退，永勝立即彎下腰。「對不起，父親。」永勝的父母同樣彎下腰，對著他深深鞠躬。美幸跪在地上，頭舉不起來。

報上姓名，船務員問。

山口幸子，美幸回答。

人潮把他們推向前方，腳踏上梯子，美幸緊抓住握把，腳止不住顫抖，回頭看下方的人群，尋找父親的身影。有個小人影看起來就是父親，同樣張望梯子上的人群，大概是在尋找家人的身影。

打開門扉即是此刻，今日就要離別。

只有現在，停下也好，前進也罷。

思念彼此，千回之次。

眾人有默契地合唱〈螢之光〉，旗幟一個一個冒出，太陽旗再度見到天日，好像他們不過是搭乘前往內地的船罷了，事物沒有改變。戰爭結束了，一切都會沒事的、沒事的。

美幸在人群中看見像是父親的人，似乎滿足地背身，走向山的那頭。

旗幟滿天飛舞，小和彥抬頭笑得開懷，似懂非懂。

幸子第一次看見櫻花。

他們走在鐵路軌道的海岸邊，沿路的櫻花樹全開了，永勝將和彥舉到頭頂上，好奇的小臉望著天上的一切。

寧靜的藍天，染上血後會是什麼樣子呢？幸子走在父子倆的背後，獨自想著，空襲、爆炸的聲音好像還困在耳朵裡，混雜七星潭的海浪聲，她好想跳進遠方的海水。

來自遠方的浪輕緩打在身上，幸子想猜測海捎來的信息。

永勝說聽聞台北發生了暴動，擴及整個台灣，到處都聽得到槍聲，聽說屍體堆在河堤旁像大肉丘，爬滿蛆蟲，再遭鳥啄食。

比鄰的神戶每日進港的船絡繹不絕，他們卻回不去台灣。槍、屍體、河，畫面在幸子的眼前奔騰，耳邊剩下高頻的尖銳聲。妳跟李綉治有什麼差別呢？每一句都刺進骨髓內。妳比李綉治還糟糕，人家可沒有丟下老父親逃跑。

幸子踮起腳尖，她只想看見任何像島嶼的稜線。鄉間的山林，能給的僅有豐沛的黑暗。

突然她察覺有人扶她進屋子，轉身看到的東西卻是蜘蛛似的疤痕，她驚嚇，跌坐在地上。

永勝默默地拉上門，離開她的視線。

他們住的木造房是親戚提供的老房子，位在垂水的農田區，每戶人家都像孤立在田的中央，到了夜晚幾乎浸泡在黑暗之中，道路沒有路燈。幸子蹲坐在廚房的灶爐前，盯著房子的木柱出神。她找到大小不一的洞坑，仔細隔著木板，還會聽見細碎的爬行聲音。

每當永勝外出工作，幸子便平躺在起居間，一整天，太陽照向她的臉又退到庭院外，她癡癡地望屋外，像在等人，卻永遠等不到人。等永勝回到家中，她起身，活動起來佯裝屋裡的女主人。

房內的梳妝台，旁邊掛著母親及哥哥的照片，而她自己鏡中的倒影就在他們旁邊，模樣比他們更接近死亡。

她想起來離開前的哥哥也是每天坐在窗邊，好像不需吃喝睡覺的蝴蝶，等待生命的最後一天。哥哥變成了永恆的存在，母親也走到哥哥的身邊，拋棄在世上的她，任由時間磨損精神，不知道父親究竟的生死，感受自己像庭院枯萎的花草。

死亡是漸進的過程，戰場的砲火不過是加劇形體的分離，但是靈與肉的切割本來就是如此緩慢。

來家裡的親戚，常一臉擔憂地看著幸子，安慰她應該為了小和彥多少吃點東西，補充體力。幸子強迫自己咬下食物，鼓起腮幫子，做出笑容，背後她聽見親戚要永勝做好心理準備，做最壞的打算，家裡經濟有限，日本人都顧不好自己了，沒有心力照顧外人。親戚小聲抱怨，要是幸子還是台灣人，他們就能換到更多配給，真是給人添麻煩。

永勝沉默許久。「我們不是日本人嗎。」一聲音聽起來在顫抖。

永勝母親馬上從廚房走出來，幫親戚斟滿酒杯，感謝他們幫永勝在鋼鐵廠安插文書的工作。「人們要聚在一起才感受得到希望。」

幸子倚在門邊，猶豫該不該抱起哭鬧的和彥，她覺得宏亮的哭聲能提醒自己還活著。

「我決定讓母親過來幫忙照顧和彥，」永勝抱起和彥，凝重地說，幸子靜靜地聽，沒有回應。「我弄到回台灣的船票了，我會回去找父親。」

幸子瞪大眼睛。

「我也要去。」

「沒有辦法。」永勝握緊拳，「和彥還沒長大，絕對不能讓他沒有父母。」

幸子沒有打算退讓。

「對不起，這全是我的錯。我常常會想，當初如果沒跟妳求婚，妳應該會在台灣過得更快樂，沒能讓妻子過得幸福是丈夫的失職，我對不起父親。」

「可是答應你的人是我啊。」

兩人的嘴巴都張著，空間一片寧靜。

垂水超乎異常的安靜，但親戚曾說，戰爭時期有半邊都燒起來了，垂水的人聞得見神戶方向的焦臭味，好一陣子垂水人都在那樣的味道下農耕，繼續生活，久了早就麻痺，不去想味道的來源。或許等時間再過得更久，人總習慣說服自己變得麻木，如對待自己臉上殘留的傷疤。

直到和彥的哭聲傳來，撕裂凝著的氣氛，永勝怎麼安撫都沒有用。哭皺的小臉漲得通紅，幸子趕緊接下和彥，宏亮的哭聲漸漸撤收回來。

小和彥聽見母親的哭聲，張著好奇的大眼，小手摸索母親的面孔。

兩人靠著彼此，就著窗外的煤油味的風，想著等到太陽打破黑暗的時刻來臨，他們是否該順應日子運作下去，是否終歸會走到海中，讓波浪載他們環繞海上離散的島嶼。

巧克力

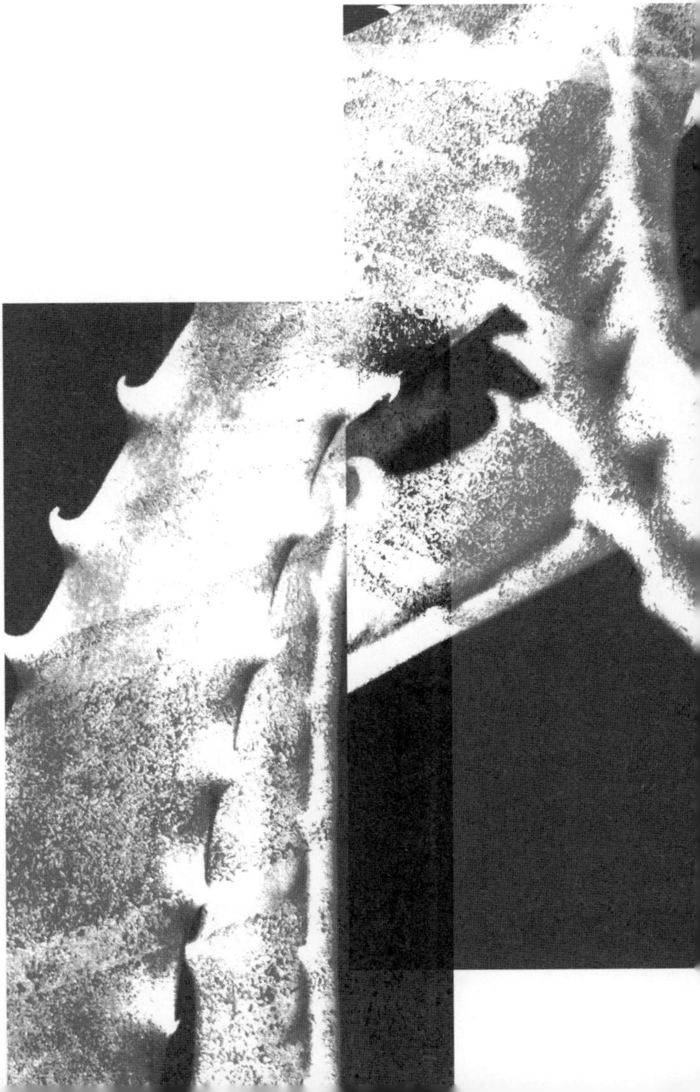

窗邊的天色亮了，綉治的手垂在床邊，數張信紙躺在書桌上，夾雜一張破損的巧克力包裝紙。窗戶關著，風吹不進來，紙張靜止，一切停留在模糊的字跡。

昭和二十年一月十二日，莊修之長眠於南洋。

是躺在水中，還是被砲火炸碎呢？綉治將臉埋在枕頭裡，無法抑制自己去想像修之及父親死時的模樣。可是腦袋一有空閒就會自行組織畫面，爆炸前人們在做什麼，在笑什麼，落海時的溫度……不知不覺，天已經亮了。

從防空壕走出來，燒夷彈啃食過的土地，焦黑的房屋殘骸夾藏焦黑的四肢。沒想到父親會是躺在裡面的屍骸，濃黑的眉宇全化成一團模糊的炭。

剩下哥哥還沒消息，新聞不斷報導南洋各地軍人搭船復員的消息，但是她一直沒看見哥哥的名字。

終戰的聲音響起，但是戰爭還存留著，隨過期的信息送達生者的手中。

綉治無法克制自我，只能任憑身體顫抖、呼吸急促，淚水以自己的節奏從內湧出。

門縫有信宏身影在晃動。

綉治哭喊得更大聲。

然而人影停留片刻，還是離開了。整間房子像是只有她一個人。

清水拍打在臉上，水珠卡在睫毛及眼瞼，令紅腫的地方感覺更刺痛。綉治半睜眼睛盯鏡中的倒影。梳洗完畢後，出門帶上無人的房子，一個人往車站前進。

橫濱港如戰前景況，船隻進出頻繁，夜晚燈火熱鬧，只不過多了米國人的身影，他們高大、白皙，優越的姿態，摟抱身旁過度打扮的日本女人。

她們身著鮮豔的和服窩在士兵身旁，笑得嫵媚、嬌豔，跟一旁廢墟中哀號的人們像處在不同世界。那些人蹲坐在曾是房屋的土地，熬煮樹皮、路邊挖來或偷來的植物，努力擷取一絲一毫的養分。

原先掛在建築上的日之丸旗已被撤換成外國的旗子GHQ，在重要的機構前方搖擺，進出的人不見日本人身影，全是身形異於他們的外國人，他們才是這個土地的掌權者，皇居內生活的人們在報紙上畫成雛人形，人們口中原本讚頌天皇為神的存在，米軍來到後，天皇昭告大眾他並非如天神般的存在。

原來戰後才是夢醒的開始，戰爭時發生的一切都是假的。

唯有人死是真實的。

台灣人此刻是不同於日本人的存在，GHQ認定他們是戰勝國中國人，日本人要接受的不平等待遇，在他們身上不需適用，日本社會的階級在新式炸彈掉落的那刻倒轉，流轉在黑市跟死神拉鋸的人是本國人，而不是殖民地人民。

走在街上，常看見婦女突然轉頭慌張逃跑，背後有警察在追趕。綉治看在眼裡，不能適應新降生的戰勝國身分，綉治看見她們的身影，心想任何一名女子抬起面孔都可能是江子姐、節子，甚至是惠枝。

人民湧至皇居前抗爭飢餓的那天，信宏帶寫著「給我米飯！」的牌子回到家中，身上故意穿髒汙的舊衣，一屁股坐上沙發，高舉酒瓶灌入喉嚨。

你去，能為了誰，綉治冷眼看他。

「我討厭對現狀不痛不癢的人，踩在人的傷口上享樂，終戰沒有把幸福帶給人民，反而讓天堂跟地獄並存在同一塊土地！」

「無論哪個國家的人，手都沾滿了鮮血，這個時候生氣有什麼用。」

「妳那些話是被學校的人影響的嗎？」

「你怎麼突然關心起我在學校的事？」

——這不是世界應該有的樣子！

信宏甩門走出屋外。

兩人的談話匱乏於對彼此的熟悉，僅能在有限的話題內爭執，扮演爭吵的夫妻。當扮演不下去，只好暫時逃離現場。

凡是人，天生渴望自由。

分開，讓兩人都自由，何必困在同一間房子假裝是夫妻。

東京還沒從戰爭的樣貌脫離，台灣及朝鮮人還穿著大和民族的衣裝，便要接受自己的新身分。中華民國人，綉治覺得記憶好像硬被切成兩段，前半生日本的記憶還停留在台灣的米街，有黑影的基督徒穿梭在巷間，旁邊有小販的叫賣聲，他們三人邊走邊大笑，談著一起居住在台北的可能。

文京區的學寮，沒有人會說這種可笑的話。這裡的學生全是中華民國人，同一個國家卻有不同的家鄉跟腔調，他們不會像三一堂的人開玩笑，或是像新野堂的人放縱享樂。他們偏好談理論跟思想，勤勉地翻著書籍，那副認真圖強的神情讓綉治想到明治時期的日本文人，因自卑所以更加勤奮。

她翻開手中的學生月刊，李綉治的名字登在小角落，評論一位叫坂本吾郎的最新小說，故事是架空在封建仍實行的日本，譏笑陳腐的日本面對英米敵人時的愚蠢自信，以為用武士刀就能打贏天下。綉治寫了一篇書評贊同作者本意，要眾人不要忘卻戰時狂熱的醜態。為了完成評論，她每天拜託渡邊先生的助理，努力在辦公室關門之前將書籍讀完，然後帶筆記回家組織成文章。

中國人為什麼會對日本的事情這麼感興趣呀？助理鎖門的時候問她。

繡治臉紅，連忙道歉自己讀書太晚麻煩到對方。

夜晚，靠在書桌的手肘不自覺地碰觸到桌上的信紙，但是她的手停不下來。要是停下來，她怕自己無法再前進，耽溺在信堆內。

李繡治的名字，總共複製了三大箱的月刊，在這緊縮的時刻，紙張比文字內容更加珍貴。她膽怯地希望坂本吾郎看得到，希望坂本吾郎理解她評論的重點，希望坂本吾郎就是新野堂氣管不好的那位坂本君。

飄散雜味的小房間堆滿其他箱子，各式各樣的雜物似乎隨時都能派上用場，中間的木桌隨意併放，總編輯李燦雲盤腿坐在桌上詳讀鋪張桌面的稿紙。

燦雲戴著一副圓眼鏡，拄頭沉靜在文堆裡，沒注意身旁的繡治及其他人，此刻只有他與文字。繡治喜歡在門口邊看著他，腦袋什麼都不想，沉浸在一片安靜之中，就像回到以前還在高女的日子，每天想著學校之外有更美好的未來，下課後就能見到哥哥及修之。

旁邊的中國學生打斷她的思緒，他們交給燦雲華文欄的稿件，燦雲抬頭跟繡治招手要她過來。他將稿件交給她，問她要不要試試看校稿。繡治搖頭，上面的漢字對繡治來說是貌似熟悉但實際陌生的語言。

李燦雲微笑，「想必妳是來交稿給我的吧？」他接下她手中的稿件後問，「李君，妳有考慮卒業後要去哪裡嗎？」

綉治搖頭，對燦雲來說，她只是校內某位台灣女同學。

「李君有什麼計畫嗎？」

「李君是在說妳呢。」

兩人笑，李君像是他們的專屬暗號。

綉治想知道眼前的李君是否跟她一樣，是否付出代價才來到東京，帝國中心的心臟，衰亡從此地開始蔓延，異地的人被迫困在透明的夢裡，接受夢與現實的差異化。

燦雲說過，他的父親先是放棄日文，接著放棄自己念日本文學的兒子，所以他這輩子大概永遠還不起對父親的愧歉。即使如此，他還是要讀文學，因為他相信每個人落下的文字都有生命，而他願意擔任傳承生命的人。

「我喜歡李君的東西，」燦雲不顧綉治阻止，現場直接仔細地閱讀。「雖然有些過於急躁的小缺陷，但是，」他低頭思索洽當的形容。「啊，我不知道該怎麼說。」

「李君如果不滿意，我再修改就是了嘛。」綉治抽走燦雲手中的筆記本。

一路上，燦雲不斷跟綉治賠不是，綉治忍住笑。

「李君，妳的詩還沒有題目呢。」

「哼，等我改好你就知道了。」

兩人不知不覺就走到了車站。燦雲站在票站外對她招手，目送她坐上車。

——卒業後一起回台灣吧，到時候我想讓妳見見我的姊姊。

綉治回首對他微笑，她曉得在他眼中自己不過是普通的女同學。

然而，回到橫濱，身分的現實狀況，打醒綉治的美夢。

快到家門前，三名身著黑衣的男人站在門口，他們就著路燈抽煙，暗處有好幾雙眼睛緊盯。中間的男子身材較其他兩人矮，但是眼神銳利，他盯著綉治走過來。

「林夫人，能麻煩您跟我們來一趟嗎？」他的日文帶有中國腔。

「有事情就在這裡說吧。」綉治雙手抱胸。

他們攫住綉治的手臂，拖她到巷子內，將她摔到地上。一件灰外套扔到綉治面前，即便上面有血跡，綉治馬上認出是信宏的外套。

「我們是奉國民政府高層的指令，想了解尊夫身在何處，我們需要妳乖乖配合，只要妳說他可能會去的地方，我們絕不會傷害妳。」

男子的話，雖然就在綉治面前，聽起來卻好遙遠。綉治除了搖頭否認，沒辦法說話。

男子從背後架住綉治，另一手從腰際向前探索到綉治的腹部。「你們真的是夫妻嗎，這麼久了還沒有生孩子，不太正常，還是你們別有陰謀，是這樣的吧，夫人？」

——夫妻，是這樣的意思嗎？

「大聲一點。」

「你們非知道不可，我就直說吧，他奉父母的命令在台灣娶了我，結婚以來他都不願意碰我，想也知道是怎麼一回事。現在他一走了之，我不知道該哭還是該笑。」

男子露出詭異的笑容，靠綉治更近。「當然是笑。外面的花花世界非常危險，妳可要多保重。我再問妳最後一次，有沒有想到林信宏可能去的地方？」他亮出衣服內的短刀。

「你就算殺死我，我還是會說，我不知道。或許以我現在的處境，死了還比較好，哪有什麼比被先生拋棄還丟臉的事情。」她故意激動地吼。

對方收起刀，「從我們打聽到的消息，林信宏可能逃跑到神戶投靠其他華僑，他準備坐船去中國。」他往前傾身，臉上的陰影更大片。「很抱歉，居然是由我們來通知您，您丈夫不會回來了。」

三人離開巷子時，影子在路燈光影下拉出細長的身體，等他們離去，幾個小孩跑出來撿拾男人留下的煙蒂。

綉治走入房子，從今以後可能只有她一個人的房子，家裡的櫃子、箱子都遭人翻動過，房間的門敞開，裡面沒有想像中會看見的《馬克思主義》、《資本論》，反而都是稀鬆平常的醫學書籍，有零星的雜誌及小說，或許敏感的東西都被帶走了。

桌上有一張女人的照片吸引綉治注意，女人長得非常漂亮，裝扮看起來像是藝妲，堅挺的鼻梁上方長一對水亮的眼睛，看久了倒有點像信信宏不會再回來了，她決定翻找信宏房內的東西，讀遍所有的文字及照片，捕捉信宏在門縫外的殘缺的身影。為什麼信宏總是要走在最前面，擅自當她的領路人。為什麼信宏的手總是插在口袋，眼神看向別的地方。為什麼信宏回家的時候，關門要太過刻意的小聲，她明明就還沒睡著。

為什麼？房間內沒有留下任何訊息。她還是不曉得信宏去哪裡，為什麼離開。

她蹲坐在地上，緊抱膝蓋。機會是否又來了？

如戰爭前的冬天，一人遊蕩在橫濱港，空想自己跳上一艘船就此走遠。如果男人說的屬實，那麼信宏現在辦到了，他比她還有追尋理想的勇氣。

現在，她能夠擁有新身分，當個普通的李君。

這個屋子，她第一次聽見如此安靜的聲音，靜得有股壓力擠壓耳膜，比噪音還難受。她舉起手，擠壓兩邊的耳朵，就像小時候聽見鞭炮炸裂，炸得愈大聲，她更用力推向太陽穴，像要對抗誰的暴力般。如果耳朵是防空壕，那麼地面的砲彈強烈地震盪壕內的地下世界，地下的哭聲、胸口的喘息聲、嘴裡的祈禱聲，以及信宏的心跳聲，全都是生命的鼓動。心跳，規律地運行，倒很像火車馳騁鐵軌的聲音。

她在只有她一人的房子聽見火車通過的聲音，頭痛得像被重物碾壓。

穿越漆黑洞口後，陽光刺入眼睛。睜開眼，太陽照得房間通亮，她居然在信宏的房間睡著了。

白天的橫濱，港口許多米國兵在倉庫間穿梭，腳步帶有悠閒的氣氛，不像以前的日本軍人，神經如綁腿緊捆身軀。一有米國兵在戶外散步，小孩或女人就會跑出來圍著他們，嘻笑、抓住衣服，看起來歡樂，米國兵通常也會等價報答，掏出零嘴或小物品，笑得比小孩或女人還開懷。

綉治找到台灣人的組合會，向他們打聽林信宏的消息，但是他們全都搖頭，會不會在神戶啊？他們拋下這句話後繼續忙倉庫的工作。

推移不斷的工作就是真實世界的時間軌跡，綉治在東京的人脈僅剩大學還有學生報，她希望可以舉起步伐就此向前方邁進，但是內心有東西一直在拖曳向後，手指順線路滑到神戶，其他港口，或許結果依舊一場空。

有人用英文叫住她。

綉治回頭，是一名米國軍人，同樣有著淺亮的頭髮及深邃的五官。綉治倒退，用英文回他自己是中國人，福爾摩沙人，她特別強調。

米國人揚起一邊的眉毛，說綉治看起來完全是日本人，關於身分的謊話還是別說的好。「不然妳講幾句中文來聽聽看？」語氣帶有不張揚的權威。

綉治告訴他家裡還有先生在等她，再不回去他會擔心。

米國人手插口袋，沒有回話。

綉治唱歌，聲音在顫抖：

「阮是文明女，東西南北自由志，逍遙佮自在，世事怎樣阮毋知……」

軍人強硬牽起她的手，身子輕輕搖晃，綉治的手腳被軍人拉動，兩人在港邊跳起舞。周邊人的眼神射向他們，但是沒有一個人是直視他們。

軍人按住她的頭，靠向他的肩膀上，臉埋入她的耳鬢，她可以感覺到對方的鼻息吹在汗毛上。「女人，外表看起來都是一樣鮮美的花啊，」軍人移開臉，「和平的時代來嘍，人們要慶祝和平降落的勝利，罪惡的民族得到救贖的機會，知道了嗎，小妞？」

綉治試圖掙脫，一直強調自己不是日本人，但軍人不為所動，抓住綉治的手沒鬆開。

「你們奪走了大衛的性命，」他從口袋裡掏出巧克力，「還有印第安納的湯姆、愛荷華的小強納斯、坎薩斯的老喬……」

軍人咬開巧克力包裝紙，直接塞入她的嘴裡。綉治掙扎，感覺硬塊強行塞進她的嘴裡，衝撞齒舌，淚水、汗水及唾液融合一起，然而隨熱度上升，硬塊融化了，在嘴內慢慢化成泥，隨之是甜味包覆味蕾。

巧克力包裝紙還留在她的嘴邊，軍人已離開，留綉治一人原地臉色漲紅，劇烈咳嗽。現場來往的人都目睹一切，沒有人敢直視他們。

嘴裡甜膩的滋味，完全與兒時記憶的巧克力不同。

綉治曉得內地的巧克力花樣肯定更多，她仍然拿錢託美幸買些巧克力回家。美幸總是依約定塞巧克力到書包內。坐在書房的父親已卸下洋外套，全身被一層香水蒸氣籠罩，桌上的熱包種茶飄出茶香。父親吃巧克力的時候會掰成小片狀，舉到綉治的嘴邊，豐美的香味誘使綉治張嘴，吃下去。

巧克力在她嘴裡。嘴外還有嘴巴，吞噬她，包含她嘴內的巧克力，她與巧克力融在一起。嘴內的她，嘗到恥辱。

繡治盯著鏡中的自己，嘴角漲紅，臉頰有些微擦傷，頭上微捲的洋式長髮亂成一團，以及身上的過膝洋裝，曾經是她喜愛的款式。她緩慢向後退，像觀察商品般細察自己的全身，分不清鏡中的人與街上其他人的差別，如那個軍人說的，一副日本人的樣子。

她歪頭，不認得自己是誰，李繡治被鏡中的女人吃掉了。

「我需要幫忙。」

「妳知道我一定願意幫忙。」

「不，你不知道，因為你不認識真正的我。」

燦雲抓住她的肩膀，圓眼鏡後的眼睛像是不怕火飛蛾，往繡治的內心去試探。學寮內深夜找男子的女子並不多，探出窗外的住宿生側聽繡治與燦雲的對話，議論的窸窣聲像是路燈底下振翅的飛蟲。

聽繡治說完後，燦雲的手放開繡治的肩膀，緩緩垂到兩側。過了片刻，他才抬起頭，微笑。鏡片在路燈的照射下拉出兩道光痕，像是疤印在他的臉上。

人的腳步聲隔著膜傳來，有女人高亢的歌聲，以及皮鞋敲在磁磚地板的噠噠聲，綉治嗅到煙草的味道。有人輕輕搖醒她，綉治醒來，看見燦雲的臉，原來他們還在旅店房間，神戶窗外的氣息跟橫濱居然如此相近。

「他來了。」燦雲細聲說。

門拉開，他們到隱密的日式會客室，方桌的上位坐著一名衣著筆挺的男人，另一邊則是瘦弱的信宏進來，不僅是服裝，連皮膚都像是替換過，綉治從未看過他背上的皮膚，居然滿是淺色的疤痕，在光的反射下，仍可見新生肌膚不平整的紋路。眼前的男人，跟當年珈琲店的信宏簡直是不同的人。

燦雲小聲提醒綉治，那位是華僑會的會長大人。

綉治行坐禮，感覺心臟快跳出喉嚨。

「起來吧，我們都是中國人，不必講究日本禮節。」會長雖如此說，日文卻講得標準。

會長拿起香煙給信宏，信宏一把拿過，接受會長替他點煙。會長問燦雲時，他微欠身婉謝。

「林先生，看到您身體還健康，想必林夫人也感到安慰，」會長說的時候瞥向綉治，「我們得到最新消息，GHQ已經逮捕到那三名中國人，你們可以暫時放心。那天他們去貴公館後，跑去找台灣學生聚集的租屋處，槍殺了一名學生。」

信宏直愣地板的疊，煙尖端集結的灰終於抵抗不了引力，掉落到疊上面。
「很遺憾由我來告訴你們，死者是陳春發。」
綉治摀住嘴巴。信宏捶桌子，「我要他們被判死刑！背後的主謀是誰！」
會長等信宏恢復平靜。
「ＧＨＱ跟中華民國代表團已經商議好，他們會被送回中國接受審判。背後似乎沒有主謀，他們只是假藉政府名義的暴徒，目的是趁亂劫財，我們懷疑成員有學生，所以他們才能掌握學生的言行，挑特定對象下手。」
會長改變聲音的語調：「無論如何，從今以後答應我，不要再深入那些東西，看了對你們沒有好處。」
信宏冷笑，「怎麼不檢討政府的作為，為什麼這麼多人被共產主義吸引？看看外面的世界，人民生活在苦痛之中，承受帝國主義的毒害多少年，接著還要忍受美帝資本主義的殘害。」
「您已經是中國人。那不是我們應該打的戰爭。」
信宏沉默許久。
隔壁房間一直傳來歡樂的騷動，敲打著牆壁跟地面。
「春發的屍體在哪裡？」

「已經火化，近日會送回給台灣家屬，有什麼需要幫忙轉告給陳先生家人的事嗎？」

信宏搖頭，全身像是螺絲鬆脫，身體變得癱軟。

「我覺得好累，這裡可以讓我休息一下嗎？」

「請便吧，之後的事我交代李君，請學生會幫忙張羅，替你們在東京找地方住，另外橫濱的房子儘早搬了吧，免得再遇到餘黨。」

燦雲起身送會長離席。拉開門之際，外面的聲音更明顯，是一群洋人的談笑聲，還有濃妝的女人匆忙跑過的身影。

滿是淺色傷疤的背罩蓋在坐墊，全身髒汙的信宏仰躺下來，用手臂摀住眼睛。等燦雲再進來的時候，綉治一隻手比在唇上，告訴燦雲：信宏睡著了。

神戶窗外的風景，太陽漸落，世界染得橙黃。

以前哀嘆電車到不了的神戶，現在她為了信宏抵達，父親卻已經不在了。她身邊的人，終究只剩下當年在珈琲店答應的男人。她把臉埋在茶杯內，不斷對著茶杯裡的熱茶呼出熱氣。

壺裡的茶水涼了，綉治重新燒水，放入新的茶葉。

燦雲依舊坐在桌邊，面對著她。

「我該對你說對不起。」

「沒關係，妳說過了。」燦雲掀開壺蓋，一股熱氣呼在他的鏡面。「不用擔心，左派的東西誰在學寮沒碰過，幸好那些歹徒沒傷害妳。」他將新的熱茶倒在新的杯子，遞給綉治。「放心，我會幫你們找到好地方，讓你們能繼續留在東京。」

綉治把臉埋入雙手，她厭惡起身上以為象徵自由的洋式裝束，「從我要離開北港的那刻起，我做了不能被原諒的事，一直以來我都在放縱自己，逃避我該面對的事實。要是我沒離開台灣，」

「那我就不會認識妳了，學生刊物也就會少了妳的詩，感覺不太能想像。」燦雲自己笑起來，整個身體面向窗邊，眼鏡反射窗外的夕陽光輝，「我決定要回台灣，我想做能繼續寫文章的工作，也許是記者吧。」

「聽起來很適合你。」

綉治移開雙手，昏黃的世界卸進眼底。

李同學，您對於卒業後的生活有什麼規畫？

我想去內地。

去內地不能算是志向。您希望去內地做什麼？

一瞬間，身分變了，所謂的去內地，變成好笑的選擇。

櫻花樹下，師生合影留念，戰爭前櫻花令他們回想到家鄉的苦楝花，心想何時能見到花瓣紛飛的盛事，現在多數的留學生彼此討論要搭哪一班的船回去，離開殘破的東京。環顧文學部的同學，多數人臉上找不到笑容，自己的專業即將貶為外國語言。

一名女同學走來對綉治打招呼，她說大家一起上課這麼久，都不曉得原來綉治跟她一樣已成婚。「原本我想繼續留下來當助手，可是我丈夫已經卒業，政府通知說必須立即回台灣。」綉治說為她感到遺憾，女同學聳肩。「沒什麼，回台灣認真學中文，一切重新開始。」

自從橫濱的事件後，信宏及綉治寄住在學寮內，四疊半的空間無法切割兩人各自的生活，全部坦誠在對方面前。回到屋裡的信宏，在綉治背後脫去外衣，換上輕便的汗衫，布料輕柔包覆不平整的傷疤。綉治側著臉，遞給信宏濕毛巾。

「相片的女人是誰？」

「我的生母。」

「那麼相親的那天是？」

「我母親在我很小的時候就去世了，之後是父親的正室照顧我。」信宏嘴角斜向一邊，「妳該不會以為是我在台灣養的女人吧？」

綉治臉飛紅，「不是那樣，」她吞了一下口水，「可是，你有嗎？我是說，你的疤，背上的疤是怎麼？」

「我家的臭老頭只要喝醉酒就會打人，哥哥已經大得他打不動，所以他就愛拿我出氣。」信宏看一眼照片，「我記得有次新嫁來的細姨護住我，替我求饒。他沒有聽進去，把我跟阿姨打得滿地是血，我同時聞到血腥味跟髮香味。我最恨對女人動手腳的爛人。」

「我不記得你父親的臉。你的其他家人，我也不太記得。」

「婚禮相片我沒帶過來。反正我們不需要，就讓那些東西留在台灣吧，不是嗎？」

綉治從餘光知道信宏換好浴衣，她望著信宏的背影。

「你起碼告訴我一聲吧，說你打算去中國或哪裡，難道你認為我會阻止你或告訴其他人嗎？」

信宏緩慢地綁腰帶。

「妳一定會說要跟我一起走吧。畢竟妳都跟我一起來到內地。」

綉治急於說反駁的話，但是字句哽在喉嚨裡。信宏帶著衣物、水盆，在她的眼前溜出門，不給她任何時間。

棄在疊上的衣物還有他的餘溫。

綉治將頭探出窗外，看見信宏的頭從樓下門口出去，他身旁還有另外一人，那個人的臉側過來，綉治認出來是燦雲，跟信宏一起往澡堂的方向走去。

學生月刊出卒業特篇，登載綉治的作品〈埋桃〉。綉治將其中一本寄回北港。

生動的土丘
熱血散布地表
螞蟻匍行
哪裡有生的氣息
對於還在等待的人們
果核已葬於此處

她撿拾桌上的信紙以及脆弱的巧克力包裝紙，收進哥哥送的腕時計木箱盒內，放入深黑的櫥櫃深處。

船要出發當天，綉治陪燦雲走到橫濱港口，路上米國人很多，經過時綉治心中隱約有恐懼感，燦雲注意到，讓綉治走內側。

「林君是不錯的男人。」

「什麼？等等，你們是不是偷偷說了什麼？」

「他說他放不下妳。」燦雲轉頭盯綉治。

「別亂講！」綉治臉紅。

「哈哈，就算沒談到妳，可是他已經用行動證明，在流血革命跟照顧愛人之間做選擇的話，他會選擇後者。」

「意思是說我是他的絆腳石嘍。」

「大概吧，哈哈。」

綉治低下頭，「對不起，我真的也有想過——」

「沒關係，妳說過了。」燦雲打斷她的話，提起行李。「你們真的確定不回台灣嗎？」

綉治點頭。

「妳不覺得未來在台灣嗎？」

綉治微笑，點頭。

「我走了。」

「我相信李君會寫出你的未來。」

「再會了，請多保重，林夫人。」

船終於要駛離港口，船上的人像泥土上的螞蟻蠕動，對著岸邊的人揮手。綉治努力高舉手揮舞。回到車站時，她同樣對站在時鐘下的信宏揮手，兩人的手穿越流動的人潮，從碰觸、相合，到緊握一起。兩人低下頭，隱沒在車站奔流的人潮之中。

雕像

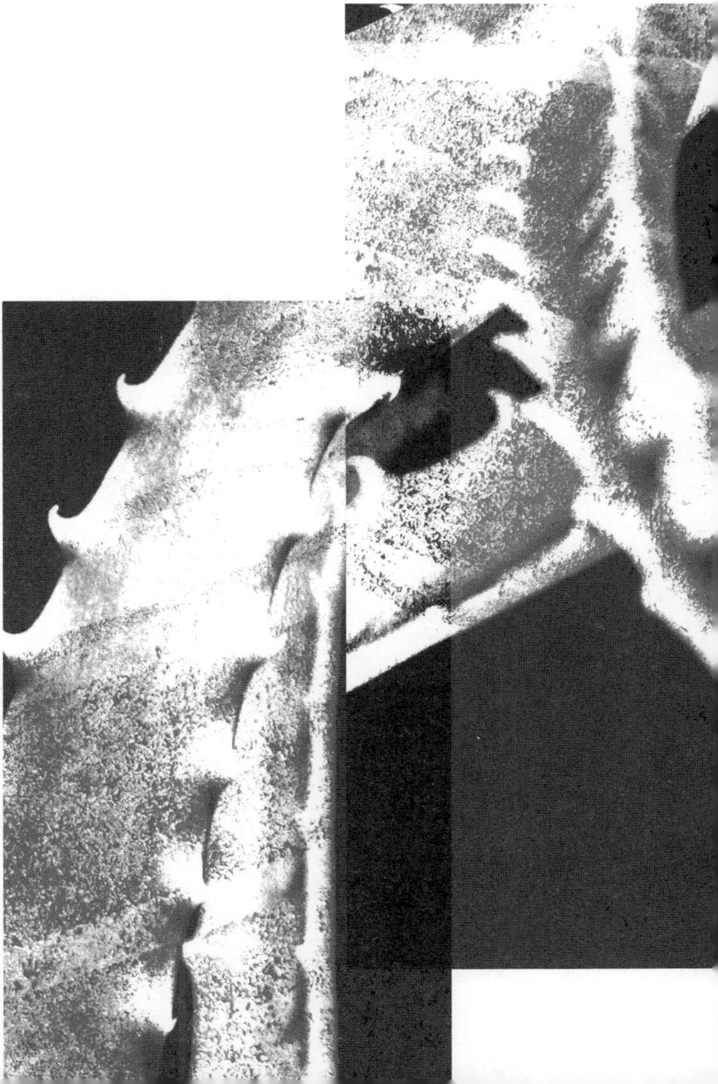

濃綠的樹葉快速流動，像是一條長河打造的巨型迷宮，人浸泡在其中，迷失方向，剩下本能驅動手腳的動力，打水、游泳，設法遠離死亡。

文明的時間感在叢林裡不適用，所有的感官都被生存的本能取代。良文連不想死的念頭都來不及植入腦袋，他任憑身體做出反應，看到槍管要躲，看到非日本人直接開槍，看到面目猙獰的日軍也要開槍，看到任何有生命的東西都要開槍。

屍體不分人跟動物，堆砌在恐懼的後方。

良文僅剩的槍管對著前方乾瘦的男孩。

男孩身上的衣服破爛，揪成一團的長髮披在臉蛋兩旁，男孩身上沒有害怕的氣息，像是準備被狩獵的動物，但是兩顆眼睛如黑洞直視著良文，一點一滴擷取良文的生命。

扣著扳機的手，僵硬得無法扣下或是移開。

男孩率先伸手，撥開槍管，接著自顧自地彎下腰，採集長在樹幹上的菇類，白色多肉地長在爬滿青苔的樹幹上。

良文將槍甩開丟棄。

「你確定可以吃嗎？」

男孩點頭。

「你聽得懂日文？」

男孩點頭。採集完了，起身，準備走入另一頭森林中。

「喂，你要去哪裡——」

良文憑本能，追隨男孩走入森林。當身心疲憊到某種程度，所有的行為只有本能可以解釋。男孩的腳程比穿著軍鞋的他還快，良文好幾次差點被樹幹絆倒，直到他發現觸感不同，低頭看，是人的手腳，無數的蛆從皮膚間竄出。

腐肉看多了，真正令人懼怕的反倒是肉團間蠕動的生物。

他心跳加速，向前狂奔。

你是誰，你要去哪裡——。

男孩還是同一副眼神，手指指向前方。「要穿越。」

前方是平靜的河，混濁的水色看不清深度，男孩稀鬆平常地走入河中，朝對岸游去。良文呆站在岸邊，緊張地看水中男孩的身影，身旁若隱若現的浮木讓良文心驚，可能是任何會張口食人的生物，大嘴的鱷魚、尖牙的魚，還有人的牙齒。

食人的生物，包含人類在內。

潰散的部隊，人心隨日子逐漸被摧殘，飢餓、病痛、恐懼，侵蝕每個手中握有武器的人。武器用來殺人，用來自救，終於有人忍不住舉起槍枝，指著隊長的頭。

一切發生得太快。良文只記得他看見隊長抱住對方。

砰——！

大家全定格，看向同一個方向。那裡殘有焦黑稠狀的物質。

安靜的時間很短，卻也長得可以讓人回想起許多事情。

戰爭有太多屍體，眼珠、髮色、五官、身形，有著不同的顏色、形狀及排列，飛離的手腳甚至是頭，像是街道奇怪的擺飾品，比雕像還要真實。整個三寶顏市就像是博物館，展覽品自然地垂掛訴說故事。

人活著的時候，肉身的事情複雜得多，男人與女人肉體間存在曖昧的區別，人與人的互動總是彌漫無法刺破的實話。他根本不想要來戰場，若早知道結局，他不確定是否會願意跟田中教班長提交換條件。他不想要離開修之，要是能重來一次，他會抵死不遵從叔叔的指示。他絕對不要來戰場。

恐懼擴散的速度比死亡更快，樹林內的軍隊用奇異的方式殘殺彼此，誰該死，誰該活，多少人該死，多少人該活，一瞬間的反應。有人撲向良文，掐住他的脖子。他幾乎要暈眩過去，一切憑本能反應，等他回神過來，對方像是濕滑的兩棲類動物，癱軟在他身上，一把短刀插在對方的腹部，凝結的血液黏著兩人的衣服。

他越過無數身穿日本軍服的屍體，後方聽到有人吶喊及開槍的聲響。他不回頭，往前直衝。

經歷無數的白天黑夜，已經不知道過了多久，每日在森林裡獨自行走，只要一停下來，耳邊彷彿就聽見人們對話的聲音。風吹來，林葉摩擦，看不出是風還是動物的擾動。看不見敵人卻時常感覺被盯視，比蚊蟲咬人還難熬。

河中的男孩已爬上對岸，走入林間，過一會，樹叢間有道濃煙升起。

他忍不住回頭看腐葉間啃食過的肉塊，生命旺盛的蛆好奇地探出頭。

良文跳入河中，奮命地游泳。

大學時農化課講授過肥料的生成，土壤像是個胃袋，投入的東西決定胃袋將餵養何種生物，讓生物為人類消化代謝出新的事物，去避免另一批人們免於挨餓。

良文趴在地上，覺得自己此刻不過是正在死去的腐肉，可悲的是心還沒停止跳動。

男孩遞給他烤過的魚，良文顫抖地接過，忍不住張大嘴啃咬，他已經許久沒有吃到真正的食物。

真實的肉體，他分不清楚哪個部分是自己，跟記憶裡殘有修之體溫的部分融合一起，維繫僅存的人性以及在丟失理性之間，保有他完整的意識。他停下咀嚼，塞滿魚肉的嘴反芻一連串的問題。

男孩不等他，吃完自己的魚後，繼續挖洞。

「需要幫忙嗎？」

男孩不理會良文。

良文脫下上衣，拿起旁邊的石頭一起鑿土。

終於，他們完成了一個大人可以躺入大小的洞。「呼，完成了吧？」良文坐著喘氣。男孩跳進洞裡面，仰頭看良文。「媽媽說過，人死了要躺在洞裡。」男孩手撫摸土壁，「媽媽不在，媽媽說謊。」

良文伸出手，「你上來，我可以告訴你媽媽去哪裡。」男孩猶豫了一下，抓住良文的手，爬上來。

入夜，他們躺在男孩搭建的簡陋樹屋內，男孩每次都回答得簡短，所以良文也問得很少，慢慢拼湊男孩的過去。男孩說他的父親被米軍抓走，村內的當地人容不下他們家，所以母親帶著他及弟弟逃跑。

「大家都想殺死我們。為什麼？」

「我不知道。我也是被追殺的人。」

男孩抱住他，「沒關係，這裡很安全。」
良文摸男孩的頭。我叫良。你叫什麼名字？
忠，松崎忠。
他們像是散落在雨林的神祕空間，過著只有兩人的自給生活，男孩教良文辨識可以食用的植物還有抓魚的技巧。良文負責砍木頭，搭建更堅固的木屋，日子過得比在森林迷失的那段時光還快速。
有時一陣大雨突然降下，像是無數的鋼珠子彈打落，河面濺起無數的小水花，他們躲在木屋裡面，擔心河水會漫上來淹沒他們。
「河帶走了媽媽跟弟弟。」
「我們不會變那樣的。」
良文決定他們得移動，到更高更安全的地方。
他們開始每天步行，往河上游的方向走。忠比良文更熟悉山的變化，吹來的風、天的顏色、空氣裡的氣味，他都能預知下一秒大自然的變化。良文覺得很不可思議，過往學的科學知識在這小孩面前都是無用。
忠喜歡聊以前在日本學校發生的事情，還有父親帶他去河邊釣魚的故事。
「爸爸原本說等戰爭結束之後，要帶全家去日本，他說那裡是他生長的地方。」

「我的爸爸也常去日本，真可惜我從來沒有去過。」

「良，你從哪裡來的？」

良文笑，「一座比這裡還要小的島。」他舉起手掌，「如果民答那峨有這麼大，我住的島大概只有一半吧。」

「離這裡很遠嗎？」

良文點頭。

「你是特地來這裡殺壞蛋的嗎？爸爸說英米畜是大壞蛋。」忠折斷擋路的樹枝。

良文低下頭，「是嗎？那村裡的那些人呢，是好人還是壞人？」

「壞人，他們全是壞人，想要傷害我們。」

良文嘴巴發不出聲，他不知道該怎麼向忠解釋內心的矛盾感。

突然，他們頭頂傳來巨大的聲響。

良文拉住忠躲到樹叢裡面，樹冠的正上方有戰鬥機飛過，螺旋槳的聲音就像是斬刀。只要閉上眼睛，良文就會想起部隊殺人的畫面，每張他曾經認識的臉，跟他說過話的嘴巴，成為癱軟的屍體，張開的口有蒼蠅盤繞。

那是什麼？良文來不及阻止，忠已掙脫他的手，撿起飄落下來的東西。

是一張寫著日文及英文的紙。良文讀了，跪在地上。

「良，上面寫什麼？念給我聽吧。」一忠抓著良文的衣角。

上面說結束了，日本投降，一切都結束了。

忠用力推良文。

你騙人，不要騙人，怎麼可能就這樣結束了，你是騙人的吧。他邊說邊倒退，像是驚嚇的小動物，在良文的眼神裡尋求安全的答案。良文也不知道真相，但他寧願上面說的是真的。他跪在地上，對忠張開雙手。

忠搖頭，邊哭喊邊逃跑，哭聲離良文愈來愈遠。

良文追上去，忠瘦小的身影在草叢間晃動，隨時都要消失。良文緊盯前方，只顧往前奔跑，突然，他踩空，整個人沿著坡地滾動，一直到撞到樹木，他才停下來，兩隻手緊抱著樹木。

坡的下方就是湍急的河。

等他爬回平地，他覺得自己用盡所有力氣，接著是劇痛從腳傳上來，他的腳踝歪得不在原來位置。他脫下上衣及皮帶，勉強包紮固定，完成後躺在泥土上，仰望上方密布的樹葉。

天色一片通亮，最高的樹葉偶爾晃動，風傳不到下方這裡，只能用看的。

他突然想起還沒完成的女給小說，笑自己大概沒機會從修之手中拿回來繼續完成了，就算活著回去，他也不要寫迎合知識分子喜好的故事。真的要寫，就寫最赤裸的死亡，還有殘暴的人性吧，把這座島的故事寫出來。

但是，他曉得自己沒有機會完成任何事。修之還有機會，綉治也還有機會，真可惜他們沒辦法親眼見證他在這裡所看的事物。要是有人能夠把這裡的事寫下來，那必定會是精采的作品，他攤開雙手望著上方的林葉想。

平日忙著生存根本沒時間靜下來，而靜下來又因為太恐懼所以想不出結果。現在他反而意外地平靜，即使下一秒有人舉槍對他，他還是不願意移動，若是能永遠躺在此刻的泥土上，看森林細微的騷動在周圍運轉，一切都與他有關，同時又與他無關。

接近死亡的時刻，若是像這個樣子的話，倒也不差。他不自覺地摸脖子，把玩十字架項鍊，想到自己很久沒這麼做了，不禁微笑起來。

要是傳單說的是真的，那麼此刻他就是披著敵軍外皮殺同夥的罪犯，米軍衝上前的時候，他確實扣下了扳機，要是有人問他為什麼，他也無法回答。

我是真的願意扣下扳機，為了活下去。

到頭來，死之前他沒有任何想對母親、修之、綉治說的話。回顧每條生命的岔路，他掙扎逃脫他人寫好結局的結果，仍是將自己引向這個死亡之地。

他起身，咬牙一步一步地走，他決定要找到忠，告訴他，不要當拯救國家的英雄，要就背負著傷痛活下去吧，那從來不是你能選擇的。

午後的二樓，籠罩在西下的陽光，屋內蒸出的水氣困在莊家的起居空間。他額間的汗珠承受不住便摔落，滲入疊表出不去。

修之的臉背光，他只能察覺修之別過頭，拒絕收下喜帖。

他拋開綉治的喜帖，撲向修之，像一頭猛獸對獵物做死亡宣判。

修之的脖子抵在他的膝蓋邊，眼睛卻靜定地看向他。看他咬緊牙，專注用全身的力量阻止修之爬起來。看他的肌肉還凍結在壓制修之的念頭，等待修之發出最後的哀鳴。

哈哈哈，修之笑出聲音。他壓制不住修之起伏的胸口。

「那就我們兩個人吧。我們現在就走。」修之圈住他的手腕。

他跳開，往後跌坐。

「你以前說的，都是認真的吧。」坐起身的修之彎曲身體，匍匐爬向他。他不自主向後退，背抵到牆邊。

「我，怎麼可能。我辦不到。」他的話只能說到這裡，居然沒有任何理由閃過他的腦袋，告訴他是被什麼東西剝奪自由。難不成沒有東西剝奪自由，他是甘願困在家族給的牢籠內。

「我不是認真的。」

修之停止爬行。

「你的願望不可能實現了。」

良文鼓起所有的力量站起來。「綉治遲早都要嫁人的，拜託你成熟一點！」怒吼完衝出房子，跌進歌聲熱鬧的商店街。下一秒，他記得自己帶著剛買的腕時計，走進珈琲廳買醉。

女給的唇，嘗起來總是不對。良文伏倒在酒瓶間，頭痛得抬不起來。

他記得高校美術課教師介紹伊太利的文藝復興，投影片放映一尊赤裸身材穠纖適宜的男子雕像，生殖器裸露，全班男生一陣鼓譟，良文也感到興奮伴隨害羞，隨眾人起舞，同時他曉得，他難以將眼神移開石像。

年輕的少年大衛，準備前往戰場面對巨人歌利亞得。教師在黑暗中說。

良文無法移開視線，在冰冷的石頭裡面，好像有人注入了新的生命。無生命的東西，像是有生命般。

修之靜定的眼神，屋外的陽光灑滿他的睫毛，在聽到良文的話語後，漸漸退散光芒。軀殼在死亡的瞬間，從眼睛就能清晰辨認。要是能回到午後的二樓重新選擇，良文想彎下腰，好好親吻那雙眼眸。

眼前的男人，長有深邃的藍眼睛，像是嵌入的玻璃珠。身體還有餘溫，很明顯已經沒有生命。男人就躺在良文與忠挖的墓穴旁邊。

忠的手仍緊握著槍。

良文要他把槍放下，忠搖頭。「我要殺死壞人！」

「這裡沒有任何壞人，把槍給我吧。」

「你跟我是同一國的嗎？」忠睜大眼睛，依舊像是良文第一次見到他的樣子，眼睛黑得看不見渴望。

良文緩慢地彎下腰，「忠，戰爭結束了，沒有人是敵人。」

槍還指著良文。良文跪在地上，張開兩隻空手。

「我來到這座島，不是要當英雄，而是代替別人來到戰場，因為他的命比我的命重要。幸好我遇見了你，我才沒有真的死在這座島，謝謝你，松崎忠。」

忠的臉皺縮在一起，漆黑的眼睛溢滿水光。良文終於撐不下去，躺在地上，腳再也支撐不起來身體。忠趕緊跑到他身邊，試著扶他起來。

良文阻止忠，「只有他一個人嗎？還有沒有別人？」

忠搖頭說不知道。「對不起，我不是故意的……」

遠方的林間傳來腳步聲，他們壓低身體觀察四周，想找出對方的方向。忠背起良文的手臂，試著拉他起來，但是他失敗，他連幫良文站起來都辦不到。

「沒用的，」良文取下脖子的十字架項鍊，交給忠。「快，戴起來。遇到米國人的時候，你要直接向他們投降，他們那裡有充足的食物，說不定你還能有辦法到日本找爸爸。這個叫做十字架，你會找到許多認識十字架的人，他們會幫忙你。」

忠接過十字架但不打算離開。

「你知道為什麼媽媽沒有躺在洞裡？因為她已經沉到活人世界的底下，從今以後你踏的每一步，她會一直看著上方的你，永遠都在。現在你該走了。快走、快——！」

良文大吼，忠跳進樹叢裡，遠方的腳步聲馬上朝良文的方向跑來。

一群米軍及當地人包圍良文，槍管抵住他的腦勺。另一人抬起厚重的軍靴，踩向他受傷的腳。良文在地上掙扎、喊叫，口水流淌在沙土。

戰敗的狗還繼續殺人，真是卑鄙，他們用英文說，觀看良文在地上扭動身體，發現良文爬行到死去的米軍身旁。

良文拿起對方的名牌，大笑起來。對不起，大衛先生，哈哈哈，他用戲謔的語氣說。他長得跟伊太利的大衛雕像還真像啊。

在失去意識之前，良文還聽見槍聲劃破樹林，鳥群振翅飛走的聲音，然後是溫度，一點一滴地從他體內流走。

父親說要燃燒自我，照亮回家的路。血液雖然正在流失，但他感受到自己的溫度流散到泥土間，土地變得濕熱，蟲蟻急忙逃竄。

他終於闔上眼睛。

裸光的大衛，頌揚戰勝巨人的傳說，以純粹的睿智與純潔站立在那，沒有血液的流動，剩下令人難移開視線的軀體。

女給小說

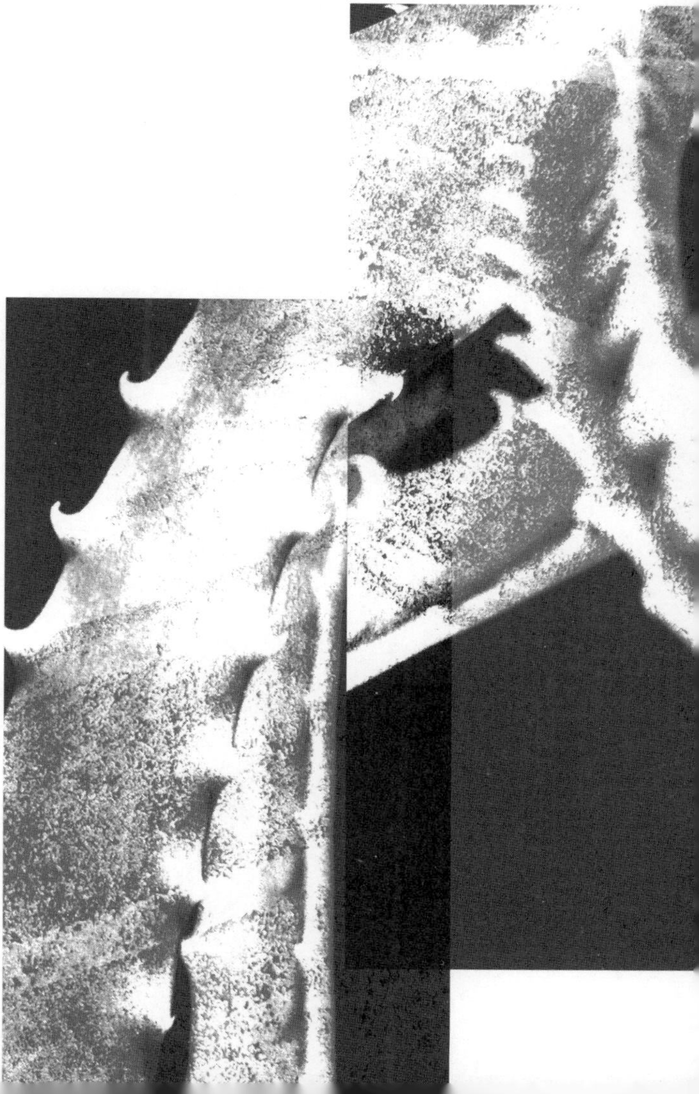

蝴蝶終於脫殼了。

小久美子趴在窗邊，緊盯吊掛窗框的蝶蛹，小心呵護牠不受到任何干擾。颱風離開後，眾人忙整理店鋪時，小久美子無意間發現尚青嫩的蛹，看起來赤裸、脆弱，緊靠兩條細線懸掛窗框，她擦拭窗框時不得不小心避開。她皺眉，恨不得蝴蝶趕緊破殼，別隨意占用別人的居所。沒有住處的人更該懂得不占用的道理。

小久美子沒想過，原本蝴蝶破蛹就是不斷邁進死亡的過程，牠遲早要離去，不占用任何空間。

破裂的蝶蛹，從內伸出細長的觸角，拖曳出黏濕的軀體。蝴蝶停在窗框上休息，適應自己的新身分。樓下客人醺醉的呼喚聲、穿腦刺耳的唱片歌聲，還有飄散在空氣的酒精味，全都暫時與小久美子及蝴蝶無關。

他們只想趴在窗框，盡可能地大口呼吸，唯一不會惹人嫌惡的耗費。

嘿，你還記得你從哪裡來嗎？

蝴蝶在陰影處歇息，華麗又工整的翅膀正慢慢長大，像是一雙有神的眼睛。

嘿，你想不想要飛到外面的世界？聽說外面有比日月潭還藍的池水、有比颱風還可怕的捲風、有比滿天星辰還要絢麗的歐若拉，假使看見了等於走到生命盡頭，你還會不會想要看呢？

翅膀鼓動，上頭的眼睛活過來悠緩地眨眼，回應小久美子。

「久美子小姐——！大家都在等妳呢！」

「高先生帶禮物來了，還在拖拖拉拉什麼！」

蝴蝶最後抖動一下翅膀，再度停止不動。

我想也是，正因為學會了偽裝，才有辦法破殼出來吧。

小久美子起身整理妝容，為自己的唇畫上完美的唇形，塗滿豔紅的色膏。

再會了，下樓前她轉身說。

蝴蝶拍拍翅膀，往窗外飛去，留下乾枯的空蛹。

蟬殼 II

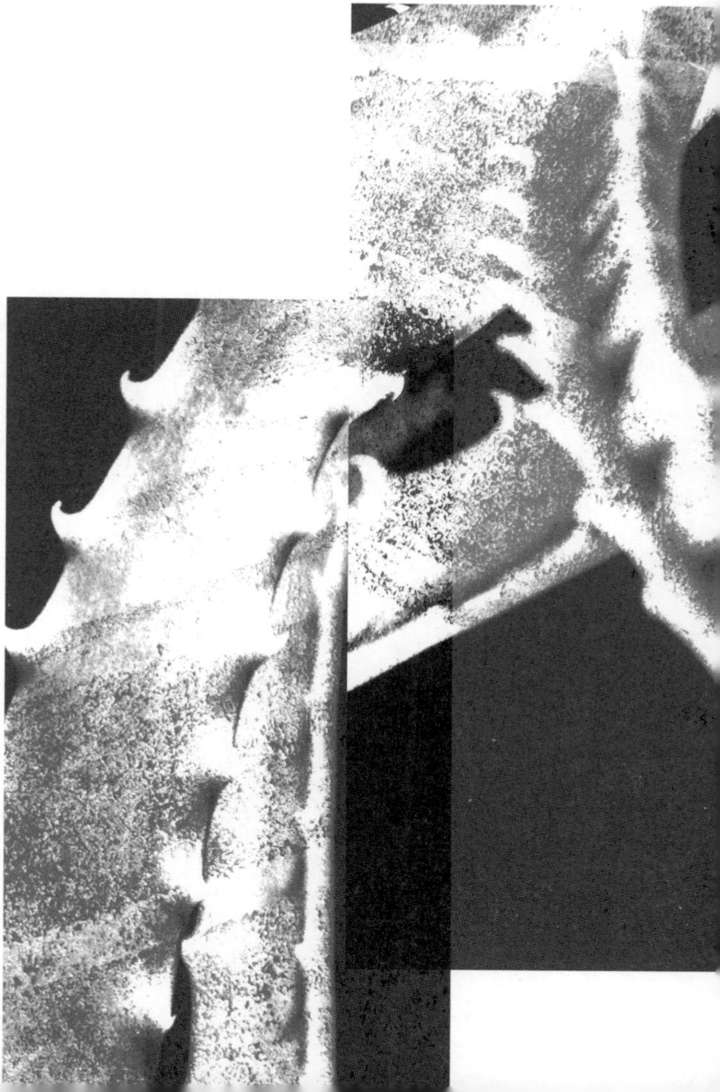

繡治發現窗框懸掛的蟲殼，她站在梯子上，伸手摘下來。陽光下薄殼看得出蟲體的眼睛，像是空殼自己有了新生命，透出帶有霧色光芒的晶瑩。

太陽爬到院落的這一側，院落的樹叢以及籬笆外剛冒新芽的櫻樹，都被照得發出銀光，讓眼窩內發作些微的刺痛。她瞇眼睛抓起衣籃的衣物，用力甩開皺褶，攤上曬衣繩。汗水已經掛滿在領口處，濕潤後的肌膚才能感受到遠方呑川送來的清涼。

步道有零星放學的學童邊走邊哼歌，整間屋子都聽得見他們的聲音。甩開皺縮的衣服，信宏的白襯衫在陽光照射下酒漬格外明顯，圈在胸口偏左的位置。她試過各種粉劑想除去，卻總是失敗。每晚深夜信宏口內的烈酒，呑到肚後只殘留刺鼻的酒精味，聽不見聲音也看不見重量。酒瓶剩餘的酒，每晚保持一杯的量，外觀看起來充滿理智。等信宏準備入睡，她還清醒地坐在書桌前，撕毀新的稿紙，抽屜內的筆記本依舊保持在學生時代寫過的內容。

突然狗吠聲戳破孩子們的歌聲。

步道有名牽著狗的人對繡治招手，是住隔壁的藤原太太，手拿的提袋看起來裝滿沉甸的蔬果，應該是剛從商店街回來。藤原太太走近籬笆，一身寬鬆的衣衫使得呼吸起伏更明顯，汗珠飽藏在額間銀白的髮根之間。繡治遞給藤原太太一條手巾，走回屋內倒杯水，拿給藤原太太。

「藤原先生最近身體還好嗎？」

「謝謝您，天氣真是愈來愈熱。我們夫妻兩人老樣子，謝謝關心。」藤原太太眼睛笑得瞇成一條線，「林太太，家鄉有新消息嗎？」

「也是老樣子，母親捎來的信都說安好。」

「妳想回去的心意，遠方的家人一定有接收到。」

「不過要是真的能回去，夫家的人見到我一定會責備我吧。」

「這種事只能順其自然，看，這棵梅樹不結果好幾年，沒想到現在是這個樣子，對吧。」

綉治現在才發現院子的土壤有掉落的梅子，她撿起梅子，青綠的表皮已破皮。抬頭看，庭院的梅子樹早結滿青綠色的梅子，她居然都沒發現。庭院中央的細高的梅樹，幾乎不太打擾人們的生活。

「這個季節來釀梅酒最適合嘍。生活就是如此，夏天釀梅酒，秋分吃萩餅，新年煮蕎麥麵，一晃又是一個年頭。」藤原太太嘴角擠出溫暖的紋路。「人們就是用食物緩慢融入時間，吃得好就不怕日子不好過。」

綉治不自覺地將手放到背後。

「要是今年釀得成功，再拿去跟你們分享。」

「謝謝林太太，就這樣約定嘍。」

狗在圍籬邊打轉、翻攪土壤，藤原太太注意到拉動狗繩。「順吉，不可以！林太太不好意思打擾了，我先告辭。」

再會，路上小心，綉治彎腰送別藤原太太。狗一股腦往前衝，不時回頭興奮跳躍，希望藤原太太跟上來。藤原太太吃力跟上，表情看起來很快樂，照顧正在成長的狗讓她回憶起為人母親的快樂。

藤原太太填補綉治需要的母性角色，使得她更自覺有責任維持嫁人女兒的表象，縱使有剛入婚姻的苦惱，卻仍保持喜悅與正向。這層互動關係彌補綉治看不見母親的焦慮，母親寄來的信紙能承載的訊息太少，綉治讀不出任何的生活片段，母親的身影彷彿從來不存在於世界，那個穿梭在房間，替父親擦拭身體、更換衣服的母親，好像過於習慣將自己抹消掉。

確定藤原太太走遠後，綉治查看自己的手臂，看起來還是一樣削瘦，養分吸不進她的身體。信宏比綉治更關心她的身體，三不五時就要檢查綉治的心跳、呼吸。綉治笑他不過是拿聽診器的牙醫師，自己太太哪裡出了問題聽得出來嗎。

「或許妳該換一種方式表達，告訴我妳每天不滿意什麼。」

綉治咬緊嘴唇，想遠離冰冷的聽診器，但是她的身體被信宏緊抓住。

「我覺得你被困住了。」

信宏抓得更用力，綉治覺得他正在傳達眼睛的痛苦。兩人的爭執，永遠找不到結束的端點，他們只能在不知方向的線段奔走，糾結在途中解不開的結。他們一起看過轟炸過的城鎮，送別不知生死的同伴。在船隻繁忙的港口，他們都曾有自由的選擇，該離開還是留下來。卒業後有三年的時間，他們打算做真實的夫妻，孕育出下一代過家庭生活的正軌。

生活的房屋，有許多破洞跟壞損需要修補，或者選擇忽略也能繼續過日子。就結果來看，回去做自私的兩人，似乎比較容易。

綉治的經血沖淡信宏的希望，他變得在意綉治的飲食作息。綉治得主動安慰信宏，鼓勵他多嘗試，不然日子走不下去。

浴室的門打開，煙霧在屋梁間流竄，她一起沒入桶內，浴盆的水不斷自桶邊洩出淌得滿地。原本貼在肌膚的衣物，瞬間鼓起來，飄散開來，環繞在肉體的旁邊。只有在最激烈的時候，她看見信宏仍活在軀殼內，胸腔裡的憤怒正在安靜地吞噬他，痛苦緊抓每絲神經，令他肌肉緊繃。

她捧起信宏憤怒的眼睛，像照鏡子般。

「為什麼以前的那些人全不在了？就連我們……」

信宏轉開眼睛，直挺地離開能與她接觸的水體。

那晚，信宏照舊吞入一定劑量的烈酒，她一人在房內摺疊衣物，無意間翻到收在深處的白色洋裝，上面開始長有黃斑。

「不要把妳的無助遷怒在我身上，當初說要來內地當作家的不是別人，是妳自己。」信宏舉著酒杯保持在門邊的距離，杯緣剛好抵在胸口偏左的位置。她關起衣櫃，將以前的相片丟在地上，所有人的臉孔混雜在一起，不同時間點的友人，共同仰望還活著的他們。

她揪出春發的照片，「到底發生什麼事！」

信宏熄燈，將相片推到一旁，一個人走入屋外黑暗的櫻樹步道。

黑暗中，每張相片的人臉看起來都相同。爭吵完後，相片仍舊要回歸到櫃子內，收在陽光照不見的地方。

搬到這個新家之後，兩人擁有太多的收藏空間，直接把不想回憶的事情壓封在櫥櫃深處就好。泛黃的白洋裝收在更陰暗的櫃子。從台灣帶來的舊物全都收在箱子，吸飽屬於東京梅雨季節的氣味。

綉治仰頭擦拭滴落的汗珠，天氣確實一天比一天熱，天空居然半點雲都沒有，或許再過幾天，天空就會承受不住熱氣降下梅雨。她決定回屋內拿出竹篩，趁天氣好採收梅子說不定比較容易成功。

稍微出力自蒂頭扭下果實，豐腴的重量鎖緊在綉治的掌中。搬到這間屋子兩年的時間，每年的梅子樹都結滿果實，以往綉治放任果實在泥堆腐化，堆至角落的土堆及落葉堆內，等過一段時間點火，連同遭汁液吸引的蟲蟻燒成灰，形成一座小土丘。打散土丘，拌入果樹周圍的土壤，每年反覆結成新一年的果實。

沉重的竹篩抵在腹部邊緣，她確實感受不到隆起的變化。洗淨後撒上粗鹽，搓揉圓滾的梅子，汁液混合鹽水微微刺痛雙手。她拿起果實，用竹籤戳出一個個的洞，扔進浸過熱水的玻璃罐內。她在櫥櫃裡找到一瓶大吟釀，瓶口完好沒開過，她也不記得什麼時候有這瓶酒。

打開大吟釀倒進玻璃罐，大約剩下不到一半的量。玻璃罐安置在櫥櫃，折射下每棵梅子的形狀被扭曲，彼此擠壓，表皮開滿如機關槍掃射的孔洞，凝視久了皮膚連帶挑起疙瘩。

屋外的陽光已經消逝，街燈點在院落的一角，照不到呑川旁的櫻木步道。她將手自米袋內抽出，冰涼的米粒被拾起，丟入水中摩挲浮出混濁的漿水。洗米水收集到鍋中，米粒沖入新的清澈水準備炊成熟飯，方才的洗米水用來洗淨魚身。每晚必備的魚料理是信宏的交代，為了讓她能吸收到營養。

熱氣頂撞鍋蓋不斷跳動，屋內瀰漫飯香氣，剛好趕上前門傳來的腳步聲。

信宏一邊脫外衣，鬆開繫在脖間的領帶。他的步伐聲接近台所，停在門邊，正在煎魚的綉治感覺得到他炎熱的眼神。「有妳的信，北港寄來的，我擺在桌上。」

在綉治將魚擺好盤後，他取走放到托盤端到座敷。

信紙安穩在桌上，收信人寫著綉治的名字。

她克制發抖的手，小心拆開信封。母親的字跡在信紙上展開。讀完信後，她將信攤在桌上，拿起筷子撥開魚刺，夾起肉塊放入口中咀嚼，夾藏在魚肉間的細刺，反覆用舌頭翻攪查找。

「欸，問一個問題喔。台灣啊，有沒有想帶回來的東西？」

信宏喝光湯，用舌頭舔舐門牙。「大概是像很久沒吃的東西吧。丈姆寫了什麼？」

「母親說今年找個時間回去拿東西。她沒說是什麼，只說是我跟良文的物品。」

信宏輕聲應答，起身把吃完的碗盤放入水槽，留下一半的魚肉在盤內給她。

「還是我一個人回去？你不好找其他醫師代班吧。」

「想起來了，芎蕉，」台所傳來洗刷碗盤的聲音。綉治愣了一下，覺得這個詞彙既熟悉又陌生，開始笑起來。「哈哈，為什麼你的發音那麼奇怪，是念金蕉才對吧。」信宏反駁，說他確定以前漢文都是寫芎蕉，所以一定是念芎不念金。

「話別說太早，回去我們就知道答案了。」綉治高舉筷子對台所的方向喊。

「要出發的話得趁颱風季節來之前，不過不知道船票好不好買，發生那個事件後管制變嚴了。」

綉治頓一下，關於那個事件她想跟信宏討論很久了，但當時候他們忙著搬進新家，她努力融入新的環境，信宏忙著輪診所的班表，報導全島暴動的報紙攤放在桌上，他們在吃早餐的時候簡短討論，要綉治趕緊寫信回去。後來母親回信，一行字交代李家、林家都安好，要他們在東京照顧好自己。

她起身，把空盤端去台所，從信宏背後伸手放入水槽。信宏突然回過神，轉頭看向她。

「有認識的人嗎？」綉治轉身從櫥櫃取出兩只杯子。「今天一起喝吧？」

信宏低頭笑一下，「消息很片段，但應該不會錯。難得妳會主動陪我喝。」他擦乾手，拿出一瓶大吟釀，頓了一下。

「啊，今天摘了院子的梅子來釀酒，所以我直接用那瓶大吟釀……」

信宏斜嘴笑，「這樣啊，那梅酒一定要成功才行。那瓶是卒業前，一群人在逛新橋的時候慫恿春發買下的酒。那傢伙啊，居然當老闆的面問是不是密造酒……」

綉治從背後抱住信宏，「慢慢等待吧。我跟藤原太太約定好，釀好後要給她品嘗。」信宏握住她的手，攤開手掌，仔細撫摸手的紋路，還有手腕突出的骨頭。「回台灣的事妳不用擔心，片岡先生應該會諒解的。今天他問我有沒有意願接手診所，看來是終於決定要退休了。」

大吟釀倒完剛好剩下兩杯的量。綉治舉起酒杯，輕碰信宏的酒杯。「這大概是三年來我們聽到最好的消息。」

兩人仰頭一次飲盡，米釀的香氣充盈在鼻腔，綉治閉上眼睛，怕忘記氣味的絲毫細節。隔著眼皮，世界從亮轉黑，她有感覺到信宏抱住她，同樣的酒香含入她的嘴，氣味在兩人的體內流竄。他們在漆黑的屋內躺下，撫摸彼此的身體，手游移的速度緩慢、輕巧，就像一股氣絲拂過表皮，綉治感覺信宏已經許久沒如此平和。

那晚，空酒瓶放在深黑的櫃子內，用剩下的氣味薰染櫃子其他的相片、書信。門板外，赤裸的兩人耗盡力氣，進入低沉的夢境。

在夢裡，背景跟國界一樣地模糊，綉治跪趴在祖母的腿上，祖母輕拍她的頭，面目跟太陽一樣和煦，她很難看清楚祖母正在說話的嘴型。接著大量的經血從綉治下體流出，滲入地上土堆，她才發現自己坐在庭院，種滿各種果樹、果藤，不分熱帶還是溫帶的水果。

一顆腐熟的桃子跌進她手心，香氣正在誘惑她咬一口。她決定，她要咬。

在牙齒觸碰到果肉的觸感之前，她睜開眼睛，發現自己仍躺在夜晚的東京。信宏在身旁，側影安穩地起伏。屋外的院子，除了一株摘完果實的梅樹，沒有其他的果實。

他們選在盛夏之前出發，聽信宏說片岡先生堅持要招待他們到料亭餞別，約定的地方在銀座，那間料亭的特色是可以欣賞到夜晚的海港。「把灼燒的醉臉探到露台，迎向冷涼的河風，那真是夏日的大享受。」哥哥被叔叔強迫從新町遊廓帶回家，依舊不改譏諷的語氣，來回使喚下人離開房間，等剩下她一人後，哥哥多少還是透露真心話。現在她已經追上哥哥當年的年紀，她希望哥哥就在她身邊，聽他說更多比她更早探觸的地方。

綉治與信宏搭電車到銀座，穿越層層帆布搭成的露店店鋪，他們走入舊房舍跟準備新建的樓房之間，離露店的人潮愈來愈遠。終於在路的底端看見一幢木造的混合式房子，接連有車子停放在門口，車內的藝伎優雅地走下車，踩著碎步隱入料亭內。

她挽著信宏的臂膀，一同步入店門，感覺到信宏衣料下的肌肉異常緊繃。他們先進入包廂，脫下帽子外套，不安地坐在包廂內等待。

門拉開，片岡先生摘下帽子走進來，信宏跟綉治馬上起身迎接。片岡先生一頭灰髮，長著剛硬的下顎，鮮少有笑容。後方的片岡夫人身穿素雅的和服，跟以前綉治在診所見過的印象一樣，是個高雅清瘦的婦人。

「好久不見，林先生、林夫人。抱歉約離你們住家這麼遠的地方，希望這間店合你們的口味。」

「哪裡哪裡，師母的眼光獨特，選了一間很別緻的料亭。」

等片岡夫婦坐定位後，信宏跟綉治才入座。

綉治聽信宏說過，片岡夫婦唯一的兒子在比島戰死，死的時候年紀大約是二十歲，但是從片岡夫婦的面容看不出任何憔悴殘留的痕跡。

「房子住得還習慣嗎？」

「當然滿意，多謝片岡先生及夫人的幫忙，否則我們真的不曉得該怎麼辦。」

「外子平時受您照顧了。」綉治起身為片岡夫婦斟酒。

片岡先生率先舉杯，四人一同乾杯。

酒精軟化片岡先生的表情，過不了幾杯，他的話開始多起來，甚至還要求信宏不要一直用敬語說話。綉治曉得信宏酒量沒好到哪裡去，但是她干預不了男人的酒杯，有人杯子空下來，她就得幫忙斟滿。不只是信宏身上的衣服沾到酒液，連片岡先生的衣服也不例外。

「年輕人要多加油！你這小子到底回家有沒有好好照顧家人，外面的世界太多驚奇的東西了，男人結婚就沒有追求刺激的資格，懂不懂啊！」

「片岡先生的意思是等男人退休，就有權利追求刺激的人生了嗎！」

隔壁的包廂傳來有人唱著灰田勝彥的歌，片岡先生搭著信宏肩膀，一起打拍子大聲附和：住在東京屋簷下……年輕的我們是幸福的人……！

「我們先別打擾他們吧，可以跟我來一下嗎？」片岡夫人在綉治耳邊輕聲說。綉治跟著片岡夫人走出包廂，走到料亭一樓中央漆黑的庭園。站在庭園可以環視料亭所有包廂的嘻笑聲，她一下子就看出來信宏在的包廂是哪一間。

「馬上就要回娘家，應該很開心吧？」

綉治笑著點頭，「對啊，已經六年沒回去，感覺有些緊張。」

「六年了啊。今年的梅樹有結果嗎？」

「有，結非常多，我上禮拜摘了一些來釀梅酒。」綉治突然收起話，「抱歉，梅樹對片岡夫人來說有特別的意義吧？」

片岡夫人倚靠在柱子旁，闔上眼睛。「果然我的感覺是對的。」片岡夫人瞬間蓋上笑臉轉向綉治，「祝福你們旅途順利。我也好想出門旅行，但可惜我沒機會離開日本島，可以多說一些台灣的故事嗎？」

綉治一時之間不知道怎麼開口，自從分別新野堂的那群人後，她已經很久沒主動跟人談起台灣的生活。「抱歉，我好像只能說說小時候的故事。我們家在北港，那裡是很早以前就存在的漢人村落。家的四周被甘蔗田包圍，所有的大人都禁止我隨便跑出去，但鄉下真的太無聊了，我每天只想跑去府城玩，常跟哥哥他們在銀座通──」

「啊，我看過雜誌的寫真，商店街路邊種一排的椰子樹，看起來很有南島的風情，是這裡的銀座不可能會看到的風景。」

「不過，不知道是不是我看得太習慣了，容易忽略它們。其實，台灣多數的地方不常見到椰子樹，以前應該只有南端的海岸才看得到，沙灘上生長野生巨大的椰子樹，就像比島、波羅尼歐那些島，啊……」綉治突然意識到自己說了什麼。

片岡夫人深吸一口氣，臉上仍掛著微笑。「看來那只是我對南方的想像而已，這樣我就能安心定居在北海道了，謝謝妳。外子常感嘆體力不行了，以後就是你們年輕人的世界。」片岡夫人修長的臉漾起笑容，綉治仍舊找不到受傷的痕跡，她分不清楚片岡夫人是把傷疤隱藏起來，還是已經學會跟傷疤過日子。

「女人能比丈夫更早得到新的人生嗎？」

「不知道，但好像有過幾次，我有機會知道答案。」

庭中的池水只看得見波光，燈光倒映在水面像是月亮，每個包廂在池水裡都是月亮。其中一個月亮破了，原來是包廂的門打開。她們抬頭看，發現是半個身體掛在陽台邊的片岡先生。

「看來我們得趕緊回去了。」片岡夫人嘴角的微笑纏綿在綉治的眼睛底下。

告別庭園清新的空氣，包廂內片岡先生半個身體掛在陽台邊，角落的信宏則倒臥在餐几旁像一具屍體。片岡夫人半哄地帶走片岡先生，綉治先到店門口目送他們坐車離開後，然後再匆忙回到包廂用盡所有方法叫醒信宏。

任何的拍打對信宏都沒有效果，肌膚的觸感好像所有肌肉都陷入深層睡夢，不久便響起鼾聲，綉治只好走到走廊，跟外面人要一些醒酒的茶。

「春發，對不起……」

綉治俯身端詳信宏的嘴唇，裡面不斷吐出入夢的濕氣，嘴角的肌肉不像有說話抽動過的跡象。綉治將手貼到信宏死冷的額頭，信宏的眼眸在眼皮底下激烈轉動，不知道看見了什麼景象，安靜地汩出淚水。

女中低頭送進來濕毛巾跟熱茶，便匆匆離去，留下灑滿酒精氣味的包廂，以及清醒的綉治一人。

船務員拿著檢查表，一項項問綉治：是否懷有身孕，是否有感染疾病，攜帶的東西是否有違規定……。綉治一一對船務員回答：沒有。

海面平靜，跟她記憶裡當時出航去內地的時候差不多。他們在船上讀書、偶爾跟別的乘客下棋、聽廣播，等待陸地映入近乎荒涼的汪洋。偶爾在感到快窒息時，他們爬到甲板上讓海風盡情颳蝕全身。

島嶼的輪廓逐漸清晰，遠處觀看，海港背後綠蔭的山巒仍沒變。船艙響起廣播，提醒乘客基隆港已到達。乘客全聚集到船板上，一移動腳踝便會碰到其他人的行李，彼此細碎的交談聲交雜台灣話、日文還有中國話，一律被空氣飄散的海腥味包覆。

下船後走到車站，再一次的等待，站內貼滿中文標語的傳單、板子，握在手中的票券跟以前的樣式也不同，字體印刷的位置參差，底紋也長得不太一樣。

信宏收起帽子，頻拿手帕拭汗。「真糟糕，等到嘉義站搞不好都要晚上了。可能要先過一夜再去朴子。」

到達嘉義，果然已經過了晚飯時間，他們勉強找到一間願意接客的小旅店。旅店老闆看他們拿不出身分證件，便要求用貴重的東西當作抵押，信宏只好摘下手腕金製的時計。

從旅店的窗戶望出去，剛好是一個小圓環。夜晚的街道僅有街貓穿梭，看不到半個人影，他們開始感受到家鄉劇烈的變化，返鄉卻像是個異地人體驗時間落差的種種。隔天清早，他們取回時計後趕緊搭上第一班的五分車前往朴子。

煤炭煙在頭頂飄揚，他們用手帕摀住口鼻，用僅有的眼神欣賞路途青綠的水田跟甘蔗田。五分車的速度比記憶裡的汽車還快，那時坐在汽車內的綉治，以準新娘身分在前往夫家的路上，她透過車窗的倒影想像自己像是脆弱的花蕊，被繁雜的白紗包覆隔絕在綠影之外。為了自由她願意犧牲多少，句子反覆在她腦內撞擊，並不是害怕自己能被犧牲多少，而是不知道自己有多少價值可被犧牲。終於抵達朴子，在沒有白紗的阻絕下，她看到偌大的庭院正中間矗立兩層樓的洋房，曾經是媒人攙扶她跨門，在正廳林家祖宗的畫像環繞下跪拜公婆。

這次，面容蠟黃、削瘦的婦人在旁人的攙扶下跨出門，迎接許久沒回家的夫妻兩人。婦人踮起腳，如對待孩童般搓揉信宏的雙頰，信宏蹲低身體試圖配合。

「我的眼光沒有錯，」婦人來回撫順綉治的手臂，綉治難相信她就是婚禮見到的婆婆，那位總是穿著華貴旗袍、指間串滿戒指的雍容婦人。「你們來的路上沒發生什麼事吧？」綉治輕拍婆婆緊張的手爪，告訴她一切都很好，什麼事都沒發生，接著牽起婆婆的手，挪動腳步到屋內。

掀開褪色的門簾，外面的陽光射入臥房，蒸出積藏已久的氣味，略帶某種草本香料的甜香，綉治覺得既熟悉又陌生。下人扶婆婆坐到床板，一碗藥湯湊到她嘴邊，她撐開乾渴的喉嚨，灌入幾口藥湯後，身體逐漸倒臥陷進棉床。

綉治想要打開窗戶，但下人靠上前阻止：夫人有交代，袂使曝到日頭。

回到正廳，信宏站在神明桌前，香已經燒完了，但他沒意識到。

「大哥不會回來了，」等綉治換上新的香，他才開口說話。「父親死後，他們變賣掉田產後就各自離開了。這都是他們計畫好的，故意不要讓我知道。搞不好連阿片也是他們的主意。」

桌上的神主牌映上信宏的臉，密麻的字趴在抑制扭曲的臉。

「明天我們再回北港吧，好嗎？」

綉治大力拍信宏的背，「我們要做的事情還很多。」

她交代下人去買消毒水跟石灰回來，從老夫人的房間開始做整理。下人們沒多說其他話便直接去做，綉治覺得他們像是沒有靈魂的傀儡，黏著在古老的洋樓建築。當婆婆出房間的時候，婆婆的頭披上被褥，縮在椅凳上被下人抬出來。婆婆暫時被人安置在正廳的角落，其他人各自忙做手邊的工作，沒人理會婆婆的呻吟聲。

綉治巡視整間林宅，唯一有在使用的房間只有一樓邊角婆婆的臥房，其他房間被放任停留在人們離去的時間點，木家具及地板堆上厚灰，而缺少灰塵的痕跡，看起來原本應該是花盆或是畫作。

綉治站在二樓的走廊，望出去可看見隱蔽在樓屋間的配天宮，偶爾街上傳來自轉車的鈴鐺聲，還有人們談話的聲音，時間好像仍停留在綉治離開前的生活。洋樓的每扇門上方都有石雕的圖樣，桃、竹、梅、鹿、筆墨……，寄託原屋主的願望定著在宅邸。每個誕生在林家的人，勢必都要為林家的未來擔上責任。

夜晚等所有人準備入睡，灶房的火爐生起大火。信宏將面巾捆起來罩住口鼻，接著把屋內找得到的阿片膏全扔進石灰水鍋內，放到爐上煮沸、攪拌，甜膩的香氣變得油膩噁心，木棍翻攪出鍋底的渣狀物。

「明天我們就去北港一趟吧，我得暫時離開這裡。」信宏卸下面巾，鼻子跟眼睛被煙燻得直流液體。

洋樓到了深夜，剝奪視線後剩下嗅覺與聽覺，梁柱發出如人的嗚咽聲在樓板間顫抖。兩人張開眼睛，確認彼此的睡意都不在，於是點上幾根蠟燭，憑燭光繼續消毒整間樓房。夜晚感覺特別漫長，他們正在被洋樓的時間吞噬，直到陽光升起才解除詛咒。

商店街每扇店門逐漸敞開，兩人再次坐回充滿灰煙的五分車，回到嘉義車站後轉搭自動車前往北港。

越過北港溪時，溪底的涼意暫時竄到腳底，他們能在幽閉的車廂稍微喘息。看到遠方有朝天宮的屋宇，縈繞竄升的煙裊，他們確定已經來到北港。

街道的招牌全換上漢文字，門內傳出的收音機正在播放中文歌曲。他們走在街上，對環境感到陌生。走到緊閉的家門前，兩扇掉漆的朱色門仍貫徹家族的準則，杜絕家內人對外面世界好奇的欲望，也讓家族的經歷深埋在紅磚牆內。

推開門，時間侵蝕的痕跡才逐漸顯現，庭院的植物枯瘦，地磚縫間長出細長的雜草。聽到有人進門的聲音，屋內的人小心探頭出來，皆是不同年紀的女人。最先認出綉治的女人走上前，綉治馬上認出來是母親。

母親紮在腦後的大頭鬃夾雜細微的灰髮，身上的襟衫跟過往一樣是灰靛的素色，沒有佩戴任何裝飾品，臉蛋未老卻長有記憶中祖母的面容。綉治以為自己會想依偎在母親懷裡，補償這些日子的思念，然而實際上她站定在原地，低頭喊了一聲：母親。

母親拿起信宏的手，要他先到綉治以前的臥房休息，其他的姑姨一起湧進房內，臥房不斷傳出嘻笑聲。等到母親趕人出去，她們才散去做原本的工作。

母親走出來，轉身一手掐住綉治的手心，綉治發現母親皺了一下眉。「你們難得回來，晚上一定要吃豬腳麵線。」接著母親拉綉治進去另一間臥房，綉治認出是以前父母的房間，只不過房內東西少了一半，空蕩的位置印象中都應該是父親的生活物品，衣物、行李箱、書本⋯⋯。

母親坐在床緣，要綉治一起坐下。

「我想不必等妳說想留什麼做紀念，所以先把妳父親的東西送人，能幫到不少人。反正他能做的事情也就這麼多而已了。」母親打開一只箱子，裡面裝有泛黃的土地權契，開始說起從綉治離家後發生的事情。

「第一個受害的是妳父親，就在良文捎信說到達南洋後，商船的人就上門通知妳父親遇難的消息。後來妳祖母身體也一直惡化，差不多就是在兵仔到基隆的日子過身的。」

大伯的兒子呢？那個注定要接下李家家業的人，綉治問。

「妳父親以前就常說，他不是栽培的料。前年妳堂哥兩三天都不見人影，叔叔去找妳堂哥，結果發現他倒在安平遊廓，身上的東西都被人偷走。真不知道，到底是良文影響他，還是他影響良文。」母親嘴角的笑，帶有針刺在抽動。「到最後，李家半個男人都不剩。果然，戰爭時期，女人才能挺過危機。」

「為什麼妳在信上都沒說？妳跟我回日本吧？」

母親像沒聽到綉治的話，繼續說下去。

「妳已經不是孩子了，」母親打開一只箱子，裡面裝有泛黃的土地權契。「這是我寫信要妳回家的原因。李家沒有能仰賴的後嗣了，明白嗎？」

母親伸手圈住綉治的手腕，顯得綉治更加瘦弱。

「妳留在台灣要做什麼？」綉治覺得自己的問題，聽起來像是無知的小女孩。

「賣掉一些房舍、土地後，好還掉妳堂哥在外面欠的債。剩下來我們得各自找工作，日子要過下去。」

「賣掉爸爸哥哥的房間嗎？」

「還有妳的房間。」母親臉上沒半點情緒波動，「我之後想搬去市區一點的地方，做一點零工過日子，田契收租理論上還是該歸妳大伯娘來管，當初妳祖母就有交代說……」

母親繼續將李家未來的規畫塞給綉治，像當初祖母不斷叨絮女人該走的道路，尤其身為二子父親的女兒，天生該成為生意談判的手段。但是沒有人計畫到戰爭帶來的死亡，還有超脫親情血脈的背叛。

突然母親伸手，隔著衣服快速摸綉治的腹部，一個瞭然的表情浮出母親的臉蛋。看在綉治的眼裡，那是母親對於女兒的放棄。綉治直接撩起衣襬露出腹部，逼迫母親直視她蒼白荒涼的腹部。母親剛開始撇頭，後來才將手貼上肌膚，手掌雖然溫暖，但綉治仍忍不住起雞皮疙瘩。

「當年我母親從沒叫我回廈門，我就是嫁到這個屋子，做完一輩子該做的義務。妳也一樣，沒有人有資格胡鬧，這裡已經不是妳以為的家。」母親對著她在鏡台的倒影說，連同她的腹部一起框在模糊的銅鏡內。

還沒等母親微張的嘴說話，綉治直接跑出房間，穿過天井時閃過其他姑姨探詢的眼神。她沒時間停下腳步回應她們的疑問，她想縮進以前的臥房，隔著門板聽自己怦跳劇烈的心臟，周圍的空間好像在脹縮，緩慢地退流到父親還在的時光。

床上的信宏發出規律的呼息聲，催醒綉治的神智回到現在的時空。

她身處在沒有父親的家，裡面的東西不再屬於她。

她趴伏在書桌上，聽著李宅的牆外傳來陣陣騷動，有人的走路聲、談話聲、生活起居的聲音。以前她也是這樣探聽宅內人們的行動，找尋逃離的時間點。可是現在的她應該要珍惜待在宅內的時光，或許這是她最後一次待在這個地方。

拉開書桌的抽屜，小時候的筆記本仍在，翻開紙頁時三人的字跡在當下的時間跳躍。

外面的雷霹開天際，空氣多了攪動泥土的腥味，開始有水滴打落磚瓦，不久匯聚成水柱急欲下衝，變成小溪在中井的溝內兜轉。老屋的木梁、木地板、木家具正貪婪地吸食潮濕的空氣。

一封夾在筆記本的信箋掉出來。

——神聖的青春，有著平靜及坦率的神情。

我無法明確地講心裡的震撼，僅能用詩中其中一句來表達我的感受。

請原諒我擅自替良文向妳請求，卒業後來台北吧，三人一同快樂地生活，會是這輩子最幸福的事。在那裡我們能成為任何我們想成為的樣子，等到那天來臨，死亡或許一點也不需畏懼。

這麼多年來，綉治忘了原來字條有這麼多文字。

快樂的三人只會存在於過去的時間，在還沒被轟炸過的米街大聲談詩、談未來，沒人會談到此刻的李綉治，卡在過去與現在的不堪模樣。

她解開身上的衣物，赤裸的雙腿捲起被褥的邊角，把自己跟熟睡的信宏包裹起來。等信宏醒來時，發現自己早已包埋在被單內，綉治的手正在為信宏先脫去外套、解開鈕釦。她身上蒸出的熱氣，使兩人的肌膚黏合一起，瞬間讓信宏清醒過來，跟她一同捲曲成為床上的蟲蛹。

雨聲蓋過人們的喘息聲，順著氣流遊走，她探出頭吸取潮濕的空氣，仰望小時候曾怨過窄小的屋梁跟牆壁，但她現在反而感到安心，跟真正的自己誕生出新的她。

「我要留下來。」

信宏停下來。「妳要一個人留在台灣？」

綉治翻身，兩人找到新的姿態，被褥裡只有彼此的氣息，聽不見雨聲已歇息。直到門外有人喊叫開飯，他們終於靜止下來，分開彼此時大口喘氣，身體仍然滾燙。

綉治凝視梳妝台的圓鏡裡，自己半臥倒的裸體，原本貧瘠的乳房好像豐腴起來。

「……結果戰爭就結束了。」信宏呼出長氣。

「到頭來，自由的代價是什麼，我們好像還是不知道。」

信宏挨到她的背後，兩人沒有擁抱，脊椎卻能感受到他的熱度。

「留在這裡沒有用，過去的不可能重來，未來更是毫無機會，太多人……。」

「可是我的身體回憶起來了，」綉治下床，穿上衣櫃留下的舊洋裝，站在泛鐵鏽的鏡前注視自我，看不出來布料下緩慢流淌的液體。「一切都會沒事的，會沒事的。」她對自己說。

信宏從背後抱住她的腹部。

「那個時候，要是你跳上船，會變得怎麼樣？」

「我會嘗試代替春發死亡，因為我相信要是活著的人是他，會想盡一切辦法救活任何人。」

「換作是你也是啊。」

信宏沒有回話，只是安靜地環抱著她，在裝載沉重思緒的眼睛裡卸下淚水。

雨過後，氣溫降下不少，小孩腳趾間的木屐叩響飯廳，歡笑聲盤旋在中井四周。信宏跟綉治牽手走出房門，步入縈繞肉香的飯廳，圓桌中央擺放油亮的豬腳跟麵線，旁邊有盤豬肝、大腸切片。小孩們等不及，急欲伸出的小手馬上被緊盯在旁的大人拍走。等綉治母親坐定後，大家才敢拿起碗筷開動。綉治起身夾菜的時候，刻意將視線轉移到沒有母親的方向。

眾人用對日本生活好奇的話題包圍他們，問起他們是否看過賞櫻、皇居、橫濱的洋人。大伯娘一邊牽起鍋中纏綿的麵線，一邊小心提起長崎原子爆彈，問他們會不會害怕。他們對望一眼，坦白說對長崎的了解也從報紙上得知，感受到的其實不多。

「這裡也發生很多事情吧，我們在日本也有聽說這裡的事件，似乎有許多人不幸喪生……」信宏漸漸說不下去，桌邊不分大人小孩都低下頭，裝作沒聽見似地挖掘碗內的食物。

「不管多不幸，我們都熬過去了，」母親為眾人分好豬腳肉，「難得大家能聚在一起，趕快吃吧。你們還得搭明天一早的火車，要早點休息。」母親挑選最肥的一塊肉夾到信宏碗內，信宏靦腆道謝。

匆匆吃完碗內的米飯，綉治就停下筷子坐立在原地，偶爾加入眾人的話題，笑孩子在學校發生的好笑事，稱讚小孩背誦的中文課文，沒有人聽懂卻也很開心。等大伯娘跟其他人都吃完後，她跟母親開始收拾桌面。母親俐落地疊起碗盤，她尾隨母親走進灶腳。母親忙著攪拌肥皂水，沒抬頭直接問她怎麼沒吃豬腳。

「婆婆病得很嚴重，我要留下來照顧她。」趁母親卸下碗盤時發出大聲響時，她湊到母親耳邊。「我們找到很多阿片膏。」

「千萬不可對外人談到。」母親面不改色刷洗碗盤，「良文的東西放在神明桌的抽屜，那裡是最安全的地方，沒有人會想動一群寡婦供奉的牌位。」

入夜後女人們聚在階梯旁，坐在竹籐椅聊天，圍住信宏繼續滿足她們對外地的好奇。

綉治燃起火柴，黏著在香頂端，滋生細小的煙裊。神主牌旁邊放有父親、哥哥的照片，對著比以往還冷清的中庭不分日夜地微笑。照片中的父親像是剛卒業的青年，有雙充滿熱情的雙眼，看起來甚至比信宏還年輕，但眉毛不如記憶中的濃密帥氣。旁邊的哥哥則是穿著日本海軍制服，記憶中哥哥的睫毛應該如母親般濃密，照片中卻找不到那樣的痕跡。記憶與現實的微小差異，令綉治懷疑哪個才是錯誤的。

她拉開神明桌的抽屜，找到一疊手稿，看字跡馬上就知道是哥哥的字，文章沒有標題，只有最後一行寫上一九四三年四月台北。細讀內容，似乎是小說的開頭：

小久美子沒想過，原本蝴蝶破蛹就是不斷邁進死亡的過程，牠遲早要離去，不占用任何空間。

她的嘴角忍不住上揚，明明哥哥說過厭惡過多的象徵，文字不該試圖站在純真的情緒前方，居然會寫出這樣的小說。以前她為了反駁哥哥，偷走哥哥的鋼筆努力寫出滿意的詩句，深怕自己追不上哥哥跟修之。哥哥輕易拋棄腐爛的桃子，但她得加倍努力去看桃子如何被分食、分解。

過一會，上揚的肌肉顫抖起來，淚水跟著滾落到嘴邊。她抓著稿紙，踢掉腳上的鞋子，赤腳走到院子的裸土，走到記憶中水蜜桃掩埋的地方，拿起樹枝挖掘泥土，但是怎麼挖都找不到果核的殘骸。

終於母親的影子落在地面，覆蓋住蹲在地上的綉治。

「這裡的土踩起來就是跟廈門不同。」

母親白皙的腳背灑有黑沃的泥土粒，像是清潔乾淨的屍身，準備要被土吞食。

「這裡的土會吃東西，媽，我跟良文埋的果核不見了。」

「妳跟良文的事情就是只屬於妳的祕密，這世上只有妳知道，要好好保存起來，不要輕易被人知道。」

母親握住她的手，像是教導孩子拿筆寫字般，緩慢卻堅實地插入泥土，兩人一起將挖出的土粒推回坑洞。泥土經過翻攪後，變成隆起的小土丘，即使她們用力擠壓夯實，仍然恢復不平。

隔天綉治跟信宏一早就出發，火車上她一直擁護著行李箱，反覆提醒自己裡面裝有哥哥的小說跟幼時筆記本，就連在睡夢時她也繼續對自己念誦。當火車再次抵達朴子，信宏輕柔拍醒她，「我們又回來了。」

她伸懶腰，把剛剛作到的夢褪掉。「回來了。」

家庭訪談

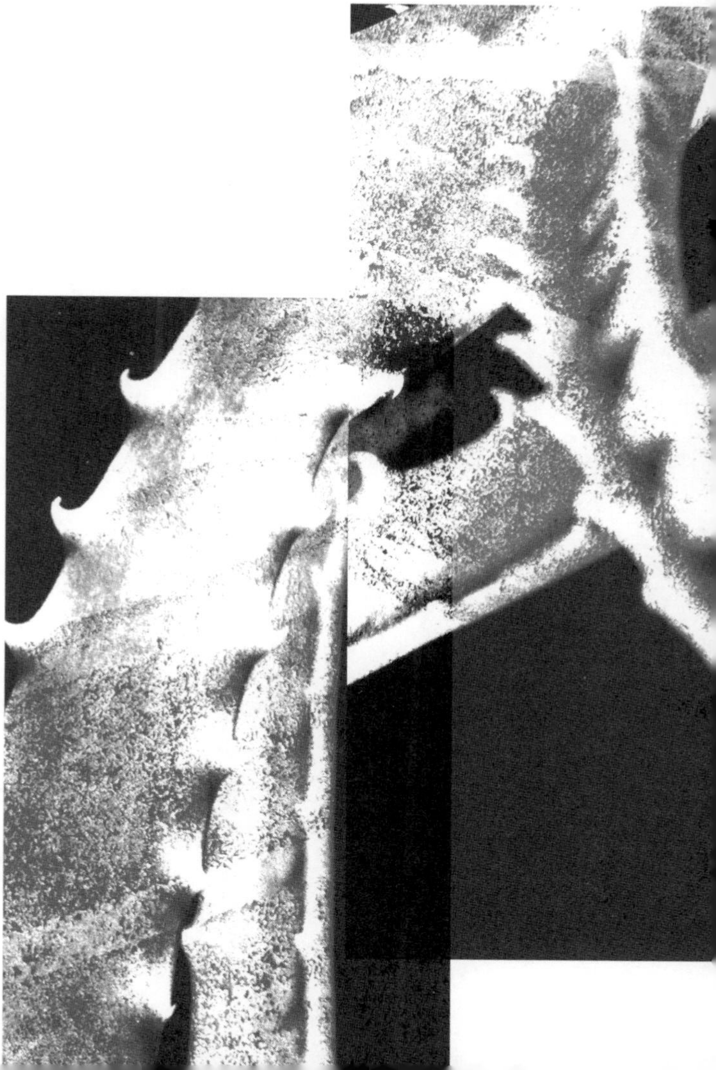

「媽媽，我們為什麼非得去？」
「因為你長大了啊，年紀到了就是要去學校。」
「媽媽，我們什麼時候才能回家？」
「回家？我們還沒出發你就在說回家，你的制服都還沒搞定呢……」
幸子重新為和彥套上立排釦制服，站後退一步，手拿針線，拄在下巴邊，凝視中央的和彥。和彥的身形看起來要被制服給吃掉。
「轉一圈我看看。」
和彥搖晃地完成轉圈。幸子覺得問題還是出在肩膀，起身幫他喬好制服的肩線。「等等別亂動，」她放下針線，取一坨髮油膏抹在和彥的頭髮，接著用梳子梳順調整。和彥搖晃他的小腦袋表達抗議。幸子按住他的頭，「今天是你第一天跟其他同學及老師見面，不好好整理要怎麼交朋友呢。」
「以後我要像爸爸一樣每天抹油嗎，媽媽？」
「看起來好多了，小彥看起來是個小大人喔。啊，怎麼會這樣？」幸子抓起制服的下襬，一條明顯多餘的線怎樣都撫不平，應該是坐著的時候不小心壓到。她瞄一眼時鐘後嘆氣。
「聽著小彥，第一印象遠比第二、第三印象還重要。今天是你的入學式，是非常特別的日子，所以才需要抹髮油，平常上學不用髮油，用水就可以了。你還記得媽媽教你要說的自我介紹嗎？」

和彥點頭。幸子要他念一次。

大家早安，我叫做山口和彥，生日是一月十三日，今年六歲，我的家族來自高知縣，跟志士坂本龍馬來自同一個故鄉。我的父親成年後離開家鄉到神戶念書、工作，現在是神戶造船所的社員。野球是我最喜歡的東西，希望長大能跟父親一樣讀懂好多書，未來請多多指教。

念完，和彥瞇起眼睛，扮鬼臉。

門拉開，永勝父母親脫下工作綁的頭巾走進來，他們捧著和彥的臉蛋，笑說像極永勝的小時候，幸子站在後方看著自己的兒子，隱約覺得兒子跟丈夫仍有分裂的影子，她不完全認同公婆的看法。「路上小心。」他們站在門口，目送幸子及和彥離開。

走在前往小學校的路上，幸子感覺到腳後跟的刺痛變得更強烈。她咬著牙繼續走，即使磨破絲襪，她也不想讓永勝向同事太太借來的皮鞋有壓痕。

他們走了好一會，終於走出村莊的田徑，來到市區的街道，遠方港口的煤油味被層層的房屋掩蓋。小學校位在商店街旁邊，零星的店舖已經擦亮櫥窗準備開張，和彥不自覺身體靠攏過去，幸子拉和彥的手加快腳步。

到達校門口後，幸子重新替和彥整理衣服跟頭髮。「小彥，這就是上學的路，要記起來，」幸子指著一路上他們走過的道路，「穿過商店街就會到達車站，爸爸每天上下班回家都是在那個車站搭車，列車開的時候另一側就是大海喔。」

「放學我可以去車站接爸爸嗎？」

「沒辦法，爸爸沒那麼快回家。」

「可是我想看……」

幸子重新牽起和彥的手，拉他走進校門，和彥半邊的身體仍倒向海的方向。有教師站在門邊指揮前往教室的方向。幸子彎腰道早安，要和彥跟著彎腰。教師面露禮貌的微笑，翻開手上的名單。

「有了，在這裡，山口同學是一年三組，是森田先生的班級。」

整間學校只有兩層樓，低年級教室在一樓，走廊有幾位婦女聚在一起聊天。幸子經過時，對她們點頭，她們投來漫長的眼光，保持單一的笑容。

踏入教室，課桌椅如棋盤排列，零星填補不同的學童，由桌面指定的名字決定。幸子帶和彥走到貼有他名字的座位，再跟別的家長一起聚到走廊外，設法加入他們的圈子展開話題。

「山口太太住在高丸附近？怎麼不是去高丸分校呢？」「每天從高丸走過來很辛苦吧？」「山口家是從哪裡搬到高丸的呢？」「最近蓋了新住宅，不考慮搬到近一點的區域嗎？」

幸子頻點頭微笑，聲音被問話給吞噬。

鈴聲響起，閒聊的時間終於結束，家長們站立在教室後方，眼睛緊盯前方自己的孩子。

幸子好奇張望教室後方布告欄的世界地圖，陸地的形狀保有小學生的筆觸，把日本島嶼的稜角圓弧化，一個紅色的圖釘釘在神戶的位置，掛上日本的小國旗，以及相對應的米國、歐洲、非洲……。中國是大片的空白土地，南邊圍繞一群破碎的島嶼，都是沒有名稱及旗幟的空缺。

就是她啊，森田先生。幸子聽見主婦們的耳語。

不只是主婦們的眼神，就連孩子們的眼神也跟著亮起來。一位纖瘦的年輕女性走到講台上，身上一席及腳踝的洋裝，後頸挽著捲翹的髮髻，像是剛卒業的大學生。幸子注意到森田老師走路時，刻意走慢保持兩腳的平衡。

「各位同學大家好，敝姓森田，森田綾子，未來是大家的導師，還請多多指教，」森田先生鞠躬，家長群率先拍手，孩子零星跟著拍手。「大家從今以後都是

『學生』，這是你們的新身分，大家是彼此的『同學』。想必大家想認識坐在附近的同學吧，說不定那個人會是畢生的好友喔。到了上學的年紀之後，除了家人以外，身邊重要的人就是朋友了。接下來，就請每位同學做簡單的自我介紹吧。」

後排家長的氣氛馬上轉變，原有的笑容被緊張的肌肉束縛，此時沒有人在意剛剛的客套閒話。森田先生依序點每一位孩童，站在自己的座位旁做介紹。孩子明白背後投射的眼神所帶有的重量，或許也因為如此，孩子不想回頭看自己的母親，只是將照排練過的台詞說出來。

其他人的緊繃，反倒讓幸子不想要跟著緊張，她將身體向後靠在孩子創作的世界地圖，一邊舒緩高跟鞋的不適，一邊觀賞成人窮極方法掌握孩子長成心目中想要的樣子。

幸子其實不知道和彥該有的模樣。以前小和彥被父親舉起來逗得笑開的胖嬰孩，長大後應該不記得半點山峰的疊影、海岸的彎曲、熟成的巴基魯滋味。現在的和彥，完全找不到任何與台灣關聯的蹤影，而她並不覺得這樣不好。

森田先生叫到和彥的名字，梳整油亮的腦勺轉過來，找尋幸子的視線。那瞬間，幸子覺得她看見的不是和彥。

和彥張口，講出幸子希望他在別人眼中的樣子。

「讀書是我最喜歡做的事情，希望能交到同樣喜歡讀書的朋友，謝謝大家。」

跟和彥在家練習的樣子不同，甚至更好，幸子用力拍手，不讓自己的掌聲被淹沒。

鈴聲再次響起，森田先生指揮大家在門口前排隊，要孩子們按身高排列成隊伍，準備輪流到校門口拍照。等待的時間很長，孩子不需要大人的幫忙，開始自在地跟旁人玩在一起。和彥排在隊伍的第三位，跟前面兩個綁辮子的女孩聊天，不久後面的男孩跟著加入，有人從口袋拿出東西，一群小腦袋聚集成一團。森田先生得提醒秩序。

隊伍開始移動，大家回歸到應有的位置。森田先生走在隊伍末端，像站在船尾指揮的船長，擁有更清楚的視野好保持隊伍的整齊，散發令人安心的氣息。幸子這時才注意到森田先生的跛腳。

到達門口，森田先生馬上分配孩子們站的位置，然後自己坐在正中央。攝影師再次將倦容埋入遮布內，用露出的手提示倒數時間。

三、二、一，喀嚓——。攝影師捕捉到孩子忍住不安分的瞬間，差不多就是家長們對他們表現的期待。

回到家，幸子馬上脫下高跟鞋，腳背的紅腫勒痕疊在木屐鞋曬痕。她沒空處理腳後跟的傷口，先趕緊脫下借來的套裝仔細清洗，選靠屋簷的地方晾乾，確認每個車線跟摺痕都沒問題後，她才意識到肌肉堆積的緊繃感有多沉重。倒掉舊洗衣水，準備和彥的制服，冰涼的泡沫水上漲到腳踝邊緣，疼痛感卻要等到看見嫩色掀開的傷口才會釋放。

坐在緣廊邊，和彥仰面躺在祖母的腿上，剛好不會對到刺眼的太陽，漫不經心回應祖父的問題。

「為什麼爺爺不用上學？」

「開什麼玩笑，爺爺早就念過了！等你夠優秀考試都通過就會卒業，就不用上學啦。」

「可以不用上學？」

「到時候你就跟爸爸一樣去會社上班，想不想要啊？」

「不要，」和彥翻身抱住祖母，「我不想離開家。」

在祖父感嘆之前，祖母趁勢插話。

「小彥第一天上學表現很棒喔，晚飯要不要吃天婦羅慶祝？今天有採收薩摩芋喔。」

竹簍內的薩摩芋，婆婆已經清洗好，放在水槽旁。她聽見永勝的父母走入座敷，拿起熱水注入茶壺時傳來咕嚕聲，屋子似乎變得更溫暖。

幸子走到屋外，提進來新的水。

太陽落下，冷峭的空氣自海岸上升到丘地的農宅，時間一到幸子便拉上所有門板，只留一道通往土間的隙縫，接著點燃座敷的暖爐，將水倒入爐子，開始料理晚餐。

翻開儲藏櫃底層裝在陶缸的麻油，掂量一下重量，應該還夠炸幾次蔬菜天婦羅。趁熱油鍋的時候，她忙備料、炊飯，偶爾注意座敷的動靜。永勝母親已經學會在這個時間點負責服侍永勝父親，替他張羅熱茶跟報紙，免得幸子被突如其來的請求打亂步驟。有永勝母親在身旁，幸子沒有手腳慌忙的時候，或許是因為婆婆一直在耐心等待她。「沒關係，人總是善於習慣。」看著婆婆俐落的身手，她不自覺也想起能幹的母親，臥病前的肩膀比父親還寬廣。

少女時她就曉得，母親的心願是她嫁到遠處自立，最好再也不必倚靠娘家。娘家的未來交給哥哥來延續，她不要添亂就好了。那時她決定好要站在遠處，做一個稱職的旁觀者。哥哥接近李家是好運還是歹運，她都要親眼見到。

她站在巷子的黑影裡，眼睛收納一襲白衣的李綉治，太陽照得衣料發亮刺眼，李綉治不離開她就不閉眼。敵不過命運的時間，司機催促李綉治上車離開，她才回到光亮處。

哥哥離開，旁觀者的身分已經不存在，但是家仍跟著哥哥遠走了。

在事件發生沒多久後，幸子也收到父親過世的消息。村人簡短在信中寫下火化的過程、安葬的地點，還有父親生前交代物品處理的方式，其實就是一些老舊的衣物跟家具，父親已經指定要分送給誰。戶頭積蓄本來也剩下不多，而永勝以前擁有的房舍已經歸化變成糖廠的資產。

原以為她的崩盤是因為擔心父親安危，然而在得知父親過世的那刻起，幸子好像就慢慢痊癒了。內心中的家徹底消亡，剩下懷裡的小和彥，每天睜著無知的雙眼盡情享受世界。她在婆婆的幫忙下慢慢步入家庭的軌道，撐起家庭的每日作息。

沾滿麵糊的筷子點入油鍋，麵糊瞬間像開花般散開，伴隨無數個剔透的泡沫圍繞在旁。

「我回來了！」

油炸聲中混入永勝的聲音。和彥小碎的腳步聲，馬上從座敷衝出來到門口。

幸子仍站在鍋前，用筷子滴入麵糊，仔細檢查麵衣的色澤，看起來是時候下鍋。裹上飽滿麵糊的薩摩芋滑入油鍋，一邊快速用筷子翻面，一邊檢視腳後跟的傷口。為了方便做家事，決定趁油炸的空檔找藥水塗抹。

「聽說，這裡有位山口同學是不是？我有東西要送給他，山口同學在哪裡？在哪裡？」永勝故意壓低聲線，裝成奇怪的腔調。「這是只屬於和彥的東西喔。」

冒出一陣歡喜的尖叫聲。

和彥的聲音漸靠近，突然幸子被個子矮小的和彥撞上，小手緊抓一只漆黑的筆盒，上面刻字寫著「山口和彥」。幸子趕緊收起手上的藥水，撫順懷內和彥的頭髮，黏滯的髮油讓她開始檢討，或許和彥真的不應該照她所想的掩飾自己。

「好漂亮的筆盒啊。」幸子接過筆盒，撫摸光亮的外殼，記憶給她與期望不同的錯覺，她應該要拿著表皮鏽蝕的鐵方盒才對，以為埋進土裡就能等待願望實現的一天。舊家木地板下的那只鐵方盒，不知道被什麼樣的景物覆蓋，也許鑿成城市水溝也說不定，也許潮臭中會混雜巧克力發酸的氣味。

幸子輕柔催促和彥回到座敷，讓她趕快把天婦羅撈起來。「不然爸爸都要餓暈了。」

「爸爸我怎麼了？」永勝抱起和彥，將和彥跟幸子分離。「辛苦了。」永勝注意到幸子腳後跟藥水的痕跡。

「幸好沒買這種鞋子，一點都不實用。」她說完做出笑容，心底暗覺得語尾音調上揚太過誇張。她快速地洗完手，把溫熱好的酒及清酒杯放到托盤。「來，這是補償你今天沒辦法親自到場。」永勝多放一只杯子到托盤，幸子壓住他的手，把杯子放回去，掀開門簾走出台所。

天婦羅一上桌，大家馬上坐直身體，盯著色澤金黃的麵衣準備開動，除了和彥之外，他半邊身體趴在桌子邊，仔細讀墊在桌上的舊報紙內容。永勝母親同時為永勝父親及和彥夾一塊到碗內，要和彥趁熱趕快吃，但和彥沒有反應，小嘴喃喃念著報紙上的字詞。

「和彥，專心吃飯。」聽到永勝開口，和彥才作罷，動起碗內的飯菜。「晚點爸爸再教你讀那些字。」

「小彥，你看，不趕快吃天婦羅一下子就沒了。」公公對和彥眨眼。

「不要緊，還有沒炸完的，我再去多炸一些。」

幸子馬上起身回到台所，將剩下的薩摩芋塊丟入麵糊，接著蹲在爐子前，拿起堆在旁邊的報紙，扭成棒狀，然後劃開火柴，報紙前緣觸著火蔓延傳開。她看見紙張的標題「廖文毅博士を国外追放」，字句馬上吞噬在火光中，扭曲變形。

她把報紙扔進爐子，關上門，用力搧風，些許火星從鐵柵跳出，刺痛她的手臂。油溫逐漸升高，油膩的氣味包覆住她周圍的空氣，她吸不到新鮮的空氣。

新炸好的天婦羅，咬起來的聲音如嚼骨，咀嚼的空檔父子誦讀報上的文字。

「朝、鮮、人……集、團……不、法、行、為。爸爸，什麼是朝鮮人？」

「就是某種族群的人，就像小彥是日本人，麥克阿瑟司令官是米國人。」

報紙製造的火灰還有餘熱能夠燒滾熱水，幸子趁繼續蹲在爐子前維繫火光，讓澡間的水霧變濃。啃食完天婦羅的父子倆，聲音在貼滿磁磚的澡間迴盪，跟著水氣一起霧糊化，穿透氣窗飄至家外，蒸發在無光的空氣。

夜晚的村子，每戶家都是田邊獨自站立的燈柱，供給自己分內的光能。有誰開門、關門，周邊的住戶聽得非常清楚。幸子學會融入村子，把關於自身的事物鎖在房子內，在黑暗中打開佛壇，放置一塊天婦羅在父親、母親跟哥哥的遺照前，安靜地雙手合十。

少女時的她，半夜將巧克力片埋在砂礫堆內的時候，她想小心呵護那份忌妒心，不讓任何人看見。當她決定取出巧克力片，她自認那份忌妒已經茁壯得不會被摧毀，所以她想讓所有人知道，尤其是那個女人，拋下所有人去追尋自我的幸福。

到頭來，莊美幸想摧毀的是自己，是山口幸子，李綉治不過是存在於過去的一段記憶而已，不是真正的人。或許李綉治也沒能躲過戰爭，而若是那樣，李綉治等於跟哥哥真的相會了。

好幾次，幸子也覺得自己跟哥哥相遇，在和彥顏面裂出笑容的時候。

和彥被責罵時臉皮總是帶笑意，他聽從幸子命令清理完黏在書包底的糖果，站到佛壇旁邊罰站，表情沒有鬧彆扭的脾氣，他只是認命且信任地站在原地。等永勝回來，他依舊站立在原地開心迎接爸爸，期待爸爸將皮箱打開，拿出帶回來的舊報刊、報紙。

父子倆的頭挨在一起，一字一句讀著。婆婆關掉收音機，把座敷留給父子獨處。

「想當年，我們從沒想過永勝會喜歡什麼、想做什麼，每天田裡的工作就夠我們忙了，反正孩子長大就會自己證明。」

「那後來有發現了嗎？」

「這要問永勝啊。」婆婆遞一杯熱茶給幸子，「妳也還年輕，妳發現了嗎？」

幸子沒問婆婆，失去過去的人要怎麼向未來追求。

自從和彥入學，幸子覺得每天的生活都在被追趕。清早時強迫自己張開眼，事物都還浸在水藍的晨光，空氣起伏還在睡夢的氣絲。她開始準備早飯跟便當，在燉煮物的霧氣中聽見家人逐漸甦醒。永勝率先穿戴好衣服、喝完熱湯，拎起便當、公事包追趕前往神戶的電車。再來是和彥，她得花費較多心思檢查制服、書包，確定和彥吃飽後陪他越過下坡路，在十字路口等待同學。因為山口家被安排在上下學隊伍的最末端，他們得比別人更早到達指定地點會合。

等回到家，公婆已經在田裡工作，花了幾年時間整地、施肥，土壤終於能開始積蓄養分給蔬果，回饋到每次的收成。幸子每隔一段時間就會送茶水給公婆，幫忙提工具回屋內，那時他們會站在陰影處冷卻身體，看雲朵越過屋簷延伸到後方的山頭，那時她都會再訝異一次，古早的人要怎麼越過能高山抵達花蓮縱谷。

幸子飲盡杯底的茶沫，起身準備明天家庭訪問的招待點心，不時濾去鍋內舊的煮水，加入新的水燉煮紅豆，等軟度差不多的時候和彥已經放學回到家，提醒她該準備晚飯及清洗和彥的制服。

有的時候，連在睡夢中的她只看得見忙碌的雙手，浸泡在不同洗潔劑的泡沫水中，不論是在清洗碗盤、衣物、地板，或者是肌膚觸感仍是嬰孩的小和彥。宏亮的哭聲自幼嫩的肌膚迸裂，越過海洋後美幸回到幸子的身體。海是在前方，山坡一路向下的彼端，彌漫刺鼻的煤油氣味，她不可能再次回到有母親、哥哥存在的島嶼，只能將懷內的小和彥擁護得更緊，不想讓他遭到海風半點的侵蝕。

「那麼，和彥還記得小時候的事情嗎？」

幸子回過神，一時不知道該怎麼回答森田先生的問題。森田先生放下茶杯，手縮回到膝上。

「對於只有十八歲、遠離家鄉求學的我來說，當時光是吃個正常的飯都有困難，那段時間大家都過得很辛苦，即使人們的嘴都不說，」森田先生掀開腿部，露出萎縮、扭曲的小腿。「記憶會流竄在人們的生活空間，自然地召喚下一代，我想和彥肯定也有發現這點，他最近跟全班分享了一首報紙上的短詩，很意外居然是戰前的台灣人寫的。」森田先生遞上從刊物剪下的一頁。

「身為教師，我如此說可能不適合，但我認為詩很真實地反映人們心聲，畢竟那些戰火都是真實的啊。我記得詩人的名字是……印象名字是修——」

「身為母親，我必須說，孩子有沒有在學校得到該有的教育，好面對現實的殘酷，是我一心想祈求的心願。」

森田先生張開口想說話，幸子不讓她有任何機會插話。

「和彥跟其他孩子一樣，是生於戰後和平世代的人。談過去的傷疤，不過是我們大人沉溺在過去罷了。為什麼要把那些痛苦，加在孩子的身上？只因為妳也在痛苦，不代表別人需要知道。」

森田先生睜大眼睛，聽幸子說完，過了許久才眨眼睛，像是終於回過神，嘴角抽動出不和諧的笑容。

「痛苦啊，但是對我來說卻是伴隨一輩子的事情。」森田先生談吐同樣的冷靜，垂眼盯著桌上完好的菓子。

「很高興山口同學有如此認真的母親，我差不多完成工作，不打擾您了。」

森田先生一手撐茶几起身，代替無力的那隻腳出力。幸子低頭陪森田先生出座敷到玄關，院子裡的婆婆連忙遞上烤好的薩摩芋，用報紙包裹起來，堅持要森田先生帶一些走。

森田先生彎腰道謝，接過烤薩摩芋，喃喃說起話。「油墨上的字會印到薩摩芋吧？不曉得我會吃掉哪些字呢，哈，那今天就告辭了，再見。」

他們三人在門口恭送森田先生離去。

等森田先生離開，公公才抬起頭問幸子：先生說的話是什麼意思。婆婆馬上攤開包在報紙內的烤薩摩芋，仔細檢查外皮。

「唉呀，真的會印上去呢！怎麼會這樣呢，對先生真是太失禮了。」

等和彥回到家，公婆如往常將焦點放在和彥一人。和彥直盯桌上的菓子，嘟噥肚子餓能不能吃。幸子趁料理晚飯的空檔探頭，叮嚀和彥不可以把菓子全部吃完，要留一點給爸爸。

等到食材全入鍋正在燉煮，她發現家裡的聲音過於安靜，衝到座敷發現公婆不在，地板及和彥身上灑滿餡料跟白粉，和彥趴在地面試圖清理乾淨。幸子大聲訓斥，她已經許久沒有如此有活力，能夠為一件事極度地憤怒。和彥哭得愈響亮，她罵得更有力道。

公婆趕緊從屋外衝進屋裡查看，看見和彥沾滿白粉的制服、髒汙的地板，還有咆哮的女人面對嚎啕的兒子，婆婆馬上將哭泣的和彥擁入懷裡。

「啊，才一轉眼就搞成這樣子，這孩子真不知道遺傳到誰，好了好了，等等帶你換上乾淨衣服好不好？」

幸子憋住氣息，回到台所，打開鍋子，鍋內的食物燒成黑糊的黑炭。能端上桌的晚飯，只有白飯、醬菜跟味噌湯。

一直到永勝回到家，整間房子的氣氛都很低沉，伴隨和彥的啜泣聲。婆婆半哄騙地要和彥把飯吃完，「等等洗澡的時候，想不想要聽奶奶說故事？趕快把飯吃完，我講『峠之山犬』的故事給你聽？」

公婆匆匆喝完湯後，帶和彥離開去洗澡，剩下永勝跟幸子兩人，碗內的白飯都沒少，筷子安穩擺在原地。

「家庭訪問發生什麼事情嗎？」

永勝的語氣刻意在壓低聲量，使得幸子更難壓抑自己的聲音。

「不是說好，不要讓那些人知道我們是台灣來的嗎！」

「冷靜一點，到底在說什麼？」

幸子抓起和彥的書包，將所有東西倒出來，筆盒摔到地上，文具全散出來。永勝想阻止幸子，但她不打算停手，抓起筆記本，掉落許多小紙片，仔細看是從報紙、書刊剪下的短詩。

「妳到底在做什麼？」

「你說這是什麼，」幸子從口袋裡拿出一張皺褶的紙，用發抖的手拿在空中，要永勝收下。永勝攤開來，看見是一首詩，題目是〈火〉。

「不要說你完全不知情！這是我哥哥寫的詩！」

幸子跪在地上，癱軟在地上哭泣，菓子餡料留下的汙漬在淚裡糊成混沌的顏色。配合低嗚的嗚咽，永勝在口裡反覆咀嚼詩句。

摩挲在腳掌與地石之間
生的躁動
愛人們
跪在地上呢喃
讓微風輕掃帶過

涙水潰散以後，視線有腫脹的清晰感，讓她暫時能抽離情緒。永勝遞給她一杯酒，坐在她身旁喝他手上的酒。

燈底下的蛾群聚起來，似乎閃過一些粉末掉到酒杯中。幸子檢查杯底，卻什麼都沒找到。永勝放下紙片，自己開始笑起來，一邊抖動身體一邊摘下眼罩，燈泡下的傷疤有燈蛾飛爍的影子。

「森田先生，那位年輕的女教師，她的腳在戰爭期間受傷，她說痛苦是每天都在經歷的事情。你好像從來沒跟我說過疤痕的由來。」

「眼睛的傷讓我覺得戰爭從來沒有結束，好像我從出生開始就是少一隻眼，人很容易麻痺，」永勝拿起酒杯灌入，「會教他念這首詩，其實只是詞彙簡單，也許冥冥之中有你兄長的祝福吧。但是，為什麼是現在出現？」

幸子重新讀一遍，發現詩末寫：莊修之，昭和十七年，台北，東京與北港的友人整理。

喫茶店望出去是船艦環繞的神戶港口，和彥臉貼到櫥窗，用手指圈住眼睛周圍，像是一副望遠鏡。和彥趴在窗邊，手指隨船隻在玻璃窗游移，不顧母親摸他凌亂的頭髮。幸子凝視兒子的臉龐，十一歲的骨骼已經長有自己的雛形，混有永勝的影子，但有時她覺得是看到小時候的修之。

「媽媽，每天有這麼多船在海上嗎？」

她想起來，這次是和彥第一次到神戶。

坐在都市內的喫茶店，幸子覺得熟悉的感覺自腳底蔓延開來，隨音樂的旋律打起拍子，瞬間她的雙腳年輕起來，好像是年輕的自己跟同學們踏在台南的銀座通。放眼望去，成排著制服的女校生們挽著彼此手臂經過，用少女的夢奪取路人的視線。距離記憶的自己，又有十三年了。

旁邊傳來腳步聲，她立刻收起腳，全身緊繃起來，雖然是她主動提議要見面，但內心很害怕真的見到本人。腳步聲停在桌邊，男人脫下帽子，毫不害臊地向幸子介紹自己。果然，林先生到了。

自從輾轉透過報社跟林信宏聯絡後，她跟對方開始書信往來，驚訝地發現對方只是一名在北海道的牙醫師。因為不知道該說什麼，她嘗試談談記憶裡的台南，希望對方能繼續保持聯繫。林先生後來確實有回信，但似乎沒興趣與她聊家鄉，直截地說會把她的書信轉寄給台灣的李綉治。

「果然孩子天生就是充滿好奇心。」信宏自己拉對面的椅子坐下，笑起來嘴角習慣斜向一邊，以他的年齡看起來有不襯托的淘氣。

信宏蹺起腳，等待幸子開口。幸子說不出話，低頭將筆記本攤開，紙張貼滿自書刊剪下的詩。

「就像我在信中提到的，我只是想要跟你們見個面，大概就是聊天敘舊，還有謝謝你們發表哥哥的詩，他一定會很感謝你們所做的事情。還有什麼話嗎，沒有了，我不過是個普通的鄉下女人。」說完，幸子大口喝水。

「跟妳想像的不一樣吧？」信宏的問題讓幸子愣住，「我的意思是，妳應該期待李綉治出現吧，但是她不在日本，她不會過來，但是我會轉達她的話，問妳是否想要回哥哥的詩？」

幸子想抬起視線直視林信宏，可是心底有條線在阻止她行動，無法探潛自己的想法。她發現兒子在窗邊回望她，背光的身形再次跟修之的影子疊在一起。

「你是綉治的丈夫吧？當年我們有收到你們的喜帖，我到現在還是不敢相信，綉治居然選擇你而不是跟我哥哥私奔。」

林信宏笑起來，伴隨些微咳嗽。「可惜我沒機會認識令兄。就她告訴過我的情史，沒有他的名字。謝謝妳，我會把令兄的名字加上去。」

「為什麼只有你一人？怎麼只有她一人在台灣？」

「換作是妳，要留下來還是回去？」

「無論如何，我都會待在丈夫身邊。」

「太好了，我會把這句話寫下來，寄給她。」

林信宏跟女侍續杯珈琲，順便看一眼牆上的時鐘。幸子要和彥回到桌子邊，坐下來喝飲料，果汁杯內的冰塊早已融化，杯子外圍滾動豆大的水滴。和彥聽從地走回位置坐下，從書包內拿出書本《太陽的季節》，小心不要被桌上的水珠沾濕。

等女侍走遠，林信宏從外套口袋，拿出裝有琥珀色液體的玻璃瓶，扭開瓶蓋倒一些到珈琲裡，和彥骨溜地盯著珈琲看。

「山口同學，等你變成男人再試試。還有啊，以你的年紀應該不適合看那本小說吧？」林信宏對和彥眨眼，接著一邊搖晃珈琲杯，一邊小口啜飲。「我可以把她的地址給妳，或許妳寫信求她來日本一趟，她會認真考慮。」

「真的嗎？有什麼理由你覺得她不想見你？」

林信宏停頓一會，發現說不出話後自己笑起來。「算起來有八年了，她一個人在台灣生活，我一個人在北海道工作賺錢。在你們眼中可能無法接受，但坦白說，我們大概已經用最好的方式相遇跟相處了。我母親去年去世了，我跟台灣的聯繫頂多剩下李綉治，我差不多能好好過自由的生活了。」

幸子才注意到林信宏眼睛周圍的肌肉，張著疲憊的訊息，不忍心要求他主動聯繫綉治。

「我明白了。」

「妳們直接跟彼此聯絡，才能將許多心裡話說出來吧。祝福妳了，山口太太。」

林信宏拿出名片翻到背面，在上面寫上聯絡地址。寫完遞到幸子的面前，抓起掛在椅背的帽子準備離去。

「等等，林先生，」幸子話哽在喉間，「未來，有空到兵庫縣的話，就到我們那裡坐坐吧？當然若您願意的話，大家都是台灣人，難得……」

林信宏揚起嘴角，點頭後再將臉埋在帽子裡，「保重。」

他們目送林信宏的身影，沒入上百個穿同樣大衣、帽子的男人。桌面剩下瀰漫珈琲及酒精味的空杯子，和彥湊到鼻子前聞，皺起眉頭。

「走吧，爸爸差不多下班了。」

「那位叔叔是誰？」

幸子想了一下，「他是舅舅跟媽媽的一個朋友，你可以叫他林先生。猜猜看他是哪裡人？」

「台灣？」

「沒錯。我們去港口，去猜船要開去哪裡吧。說不定有來自台灣的船。」

港邊的夕陽懸在海面，亮得無法直視，船隻變成游走在海面的黑影。和彥脫離幸子的手，一人衝向港邊，吹散的髮絲在發金。

幸子在背後喊，小心安全，緊盯和彥的身影，怕他掉進海裡。過了一會，她發現原本牽和彥的那隻手還懸在半空，意識到之後慢慢收回手，兩手環抱筆記本，緩步走向港邊。鞋子敲打在路面，發出清脆的節奏，腳步跟著變輕盈。她分明還是原本的幸子，卻訝異自己正在品味一個人走路的快樂。

遠方的男孩在對她招手，她曉得那個人是和彥。她站立原地，高舉手回應和彥，想告訴他：無論距離多遙遠，她永遠會標示自己的位置，讓他回得了家。

和彥看見後，轉身繼續跑遠，偶爾回過頭再招手。幸子在那刻突然明白，綉治所說的掩埋及土丘，是什麼意思。

美幸 同學：

該稱呼妳山口夫人才對，請原諒我選擇熟悉的稱呼。

我住的教堂就在米街附近，每次經過以前那條小路，我都會被心生的陌生感挫折，像個異地人匆匆離去。幸好教會的女孩都很親切，願意幫忙我還有母親融入台南的生活。失去北港家後，我大概能明白妳的感受。

教會夜晚熄燈得早，我在抽屜備幾根蠟燭尾，想跟學生時期一樣在夜晚寫點東西，結果一個字也生不出來。我原以為乾涸的原因是遠離家鄉造成的，最近我才想通，是因為我親手掩埋相信自由、一心想離開北港的李綉治。

那個李綉治死去，我的手寫不出新的文字。這首應該是最後一首，我想直接送給妳。

果核已葬於此處
挖開生前的面容
剩下安詳
落腳在
食肉的土丘

昭和三十一年七月二十七日　綉治筆

文學叢書 669

食肉的土丘

作　　者　班與唐
總 編 輯　初安民
責任編輯　林家鵬
美術編輯　陳淑美　黃昶憲
校　　對　班與唐　陳佩伶　林家鵬

發 行 人　張書銘
出　　版　INK 印刻文學生活雜誌出版股份有限公司
新北市中和區建一路 249 號 8 樓
電話：02-22281626
傳真：02-22281598
e-mail：ink.book@msa.hinet.net
網　　址　舒讀網 http：//www.inksudu.com.tw

法律顧問　巨鼎博達法律事務所
施竣中律師
總 代 理　成陽出版股份有限公司
電話：03-3589000（代表號）
傳真：03-3556521
郵政劃撥　19785090　印刻文學生活雜誌出版股份有限公司
印　　刷　海王印刷事業股份有限公司

港澳總經銷　泛華發行代理有限公司
地　　址　香港新界將軍澳工業邨駿昌街 7 號 2 樓
電　　話　852-27982220
傳　　真　852-27965471
網　　址　www.gccd.com.hk

出版日期　2021 年 11 月　　初版
ISBN　978-986-387-483-6
定　價　330 元

國家圖書館出版品預行編目資料

食肉的土丘／班與唐 著
--初版, 新北市中和區： INK印刻文學, 2021.11
面 ；14.8 × 21公分.（文學叢書；669）
ISBN 978-986-387-483-6　（平裝）

863.57　110015359